KB247364

혼자

혼자

정은혜 · 정아름 · 천정은

생각의빛

제2장
혼자 있는 시간 –정아름

제3장
나를 돌보는 시간이 소중하다 – 천정은

제1장

혼자만의 시간이 필요한 당신에게

\-

정은혜

함께라서 더 외로울 때

우리 속담에 '혀 아래 도끼 들었다'라는 말이 있다. 뜻을 되뇌다 보면 말은 도끼만큼 상대에게 큰 상처를 줄 수 있다는 사실을 일깨워 준다.

말이 많으면 실수가 잦을 수밖에 없다. 쉬지 않고 떠드는 사람을 보고 있으면 본인이 하는 말들을 다 기억하고 있을지 궁금증이 생긴다. 하고 싶은 말들을 담고 있지 못하고 마음속 말을 전부 꺼내고 마는 사람은 무례한 경우가 많다. 상대의 기분이야 어떻든 자기가 해야겠다고 생각하는 말들은 뱉어내야 직성이 풀리는 듯하다. 막말을 하는 사람의 무례에 불쾌함을 느껴도 대체로 참고 지나간다. 원래 그런 사람으로 체념하거나 기분이 상해도 '애는 착해.'라는 넓은 마음으로 넘어가려 애쓴다. 과거에는 무례한 사람을 만나면 '자유롭게 자라서, 가정교육을 못 받아서, 주위에서 곱게 키워서.' 넓은 아량으로 개인 사정을 짐작하며 무례함을 덮곤 했다. 그러나 각자의 개성이 뚜렷한 현대에는 모든 사람에게 이런 인자함을 기대하기란 힘들다.

정보는 넘치지만, 아는 것에는 한계가 있어 믿고 싶은 것만 믿는 확증편향에 갇혀 살아가는 사람이 늘고 있다. 자기가 아는 이야기만 정답인 듯 말하면서 진리보다는 자신과 자신의 의견을 사랑해서 고집부린다. 고집을 넘어 아집으로 똘똘 뭉쳐 타인의 말은 전혀 듣지 않는다. 대화하면서도 상대는 안중에 없고 자기에게 몰두하는 사람들을 흔하게 볼 수 있다. 자기 생각에만 치우쳐 상대를 단정 짓고 섣불리 평가하고 판단하는 사람이 부지기수다. 타인을 지적하고 평가하며 정곡을 찌른 듯 행동하는 오만은 듣는 이를 거북하고 언짢게 한다. 만남이 즐거움보다 불편으로 기억될 때 사람을 점점 멀리하게 된다.

누군가는 자신보다 낮은 위치라고 생각하는 사람을 찾아 무시하고 깎아내리기에 바쁘다. 상대와 비교해가며 기필코 우월한 위치에 올라서려는 못된 버릇을 숨기지 못하는 사람을 만날 때가 있다. 이러한 사람들로 인해 이제 '애는 착해.'라는 말조차 할 수 없게 됐다. 되지 않는 의사소통은 선을 넘고 무례함만 남긴다. 더 이상 상대와 말을 섞고 싶지 않은 마음을 갖게 한다. 소통하기 위해 만나는 관계에서 언어불통인 사람과는 거리를 두는 게 현명하다.

　말이 많은 사람과는 반대로, 말수가 적은 사람을 대할 때도 나름의 어려움이 있다. 말 많은 사람이 혼자 말하면서 자기 의견만 정답처럼 떠들어 거북하다면 말없이 듣기만 하는 사람은 속을 알 수 없어 답답하다. 나이가 들수록 하고 싶은 말을 다 하는 사람보다는 침묵하는 사람이 되길 권유하지만, 침묵의 종류에도 여러 가지가 있다. 상대의 이야기를 진심으로 경청하는 사람도 있지만 어떤 사람은 자기 할 말을 생각하느라 듣는 척하기도 한다. 가만히 듣고 있어 귀 기울인다고 생각했으나 착각이었다고 느끼는 순간이 올 때가 있다. 예를 들면 우울증이 심하다는 사람에게 공감도, 응원의 소리도 하지 못하는 경우다. 우울증의 원인은 본인에게 있는 거라며 자괴심을 준다면 상대의 이야기를 제대로 듣고 있지 않은 게 틀림없다. 말이 많은 사람은 대놓고 무례를 범하기에 빨리 알아차리고 피할 수 있다. 하지만 경청하는 척하는 사람은 파악하는 데 시간이 필요해 처음부터 피하기란 쉽지 않다. 본성을 모르고 가까이한다면 상처는 훨씬 크다. 듣는 척하다가 어쩌다 꺼내는 한 두 마디가 그저 밉상인 사람이라는 걸 뒤늦게 깨달았을 때 나를 위한 경청이라고 고맙게 생각한 게 독이 되어 돌아온다.

말이 많은 사람과는 소통이 수월하지 않고 입을 닫고 남의 정보만 캐는 사람과는 어울리기 어렵다. 그러다 보니 만남이라는 행위 자체에 쉽게 지칠 때가 있다. 현대인들은 타인의 말을 들어줄 여유가 없다. 어쩔 수 없이 관계에서 멀어진다. 상대를 파악하고 나를 이해시켜야 하는 내면 깊은 이야기는 감정 소모가 크다. 감정 소모를 줄이기 위해 가벼운 대화만 나눈다면 사람을 굳이 만나야 할 필요가 있을까. 맞지 않는 사람과의 단순한 대화들은 피로감만 준다. 말이 많은 사람의 허튼 말, 쓸데없는 말들은 기운을 빼앗아 간다. 단순한 잡담에 일일이 호응하고 눈 맞춤 해주다 보면 에너지는 금방 소진된다. 사람과 마주할수록 지치고 외롭다. 외로워 사람을 찾지만 외로움은 반복된다.

　바쁘게 돌아가며 변하는 세상에 적응만이 답인 사람들에게 타인을 향한 너그러움은 점차 기대하기 힘들어졌다. 살고 있는 한 혼자 헤쳐 나갈 일들이 끊임없이 쏟아진다. 숨만 쉬어도 나가는 돈, 나와 가족을 책임지고 돌볼 의무, 삶의 과제와 미래를 위한 투자. 자기 눈앞에 펼쳐지는 무수한 일들을 직면하면서 상대의 보이지 않는 마음과 상황까지 짚고 이해해야 하는 일은 여간 피로한 게 아니다. 개인에게 개인의 마음을 보살필 여력은 없다. 자신에게 닥치는 일들로 인해 타인의 일까지 알고 싶은 마음도 사라졌다. 오로지 자기에게만 몰입하기도 버거운 삶이다. 그렇기에 함께 있어도 외로움은 충족되지 않고 공허함만 깃든다. 사람을 만나 함께 있지만 따로 있는 셈이다.

사람과 함께 있어도 외로운 경험을 한 적이 있을 것이다. 누군가와 늘 함께한다고 꼭 가까운 건 아니다. 따라서 다른 이와 항상 함께 있으려고 애쓸 필요가 없다. 함께라서 더 외로울 때 사람은 혼자 있고 싶은 바람이 간절해진다. 위대한 천재들은 타인과 함께할 때가 아니라 혼자서 시간을 보낼 때 업적을 남겼다. 천재화가 고흐가, 위대한 음악가 베토벤이 사람들과 어울리기만 했다면 성과를 남기기 어렵지 않았겠는가. 존경받는 철학자들의 사랑받는 글들은 전부 고독을 즐기며 혼자 있는 시간에 쓴 글이다. 사람들과 어울리지 않은 덕분에 사람들의 기억 속에 오래 남게 되었다. 위대한 사람이 되지 않더라도 혼자 있는 시간은 무엇보다 중요하다.

'You Only Live Once' 인생은 오직 한 번뿐이라며 미래보다는 현재의 행복을 중요시하는 생활 방식을 고수하던 욜로족이 주목받은 적이 있다. 욜로를 외치던 사람들은 보이지 않는 미래를 위해 아끼고 절제하기보다 현재 행복을 위한 소비지출을 선택했다. 욜로족은 현재의 자신에게 투자하며 다양한 경험에 중점을 둔 삶을 추구했다. 그러나 어려워진 경제에 욜로가 아닌 요노가 새로운 소비문화로 대체되고 있다. 요노란 'You Only Need One' 필요한 것만 사고 불필요한 소비를 최소화하는 생활 방식을 뜻한다. 요노를 지향하는 사람들은 최소한의 물건만 구매하고 필요 없는 소비를 줄여야 한다고 말한다. 현재보다는 미래를 우선한 투자를 강조하고 있다.

요노는 소비 형태뿐만 아니라 삶에도 적용해야 한다. 필요한 물건만 구매하고 소장 가치가 없는 물품들은 처분하는 미니멀라이프가 대세다. 물건도 인간관계도 비울수록 가볍다. 사람도 물건도 욕심내면 버겁기 마련이다. 발 디딜 틈 없이 물건으로 채워진 공간은 보는 것만으로도 어지럽고 답답하다. 사람도 매한가지다. 나와 맞지 않는 사람들, 에너지를 빼앗는 사람들과의 만남은 마음을 어수선하게 한다. 잠깐 외로움을 견디기 위해 많은 사람을 찾기보다 깊은 대화를 나눌 수 있는 한 사람이나 소수의 사람을 만나야 할 이유다. 주위에 에너지를 주는 사람이 없다면 스스로 활기를 불어 넣어보면 어떨까? 혼자 보내는 시간에 자기만의 에너지를 채울 수 있다면 자기긍정감은 배가 될 것이다.

　인생의 마지막은 혼자라는 사실을 잊지 말아야 한다. 사람은 혼자 세상에 와서 혼자 죽음의 길로 간다. 태어날 때 주변의 돌봄을 받았듯 마지막을 맞이할 때 건강과 체력 탓으로 누군가의 도움이 필요할 수는 있겠지만 죽음은 오로지 혼자 겪어야 할 일이다. 태어날 때도 돌아갈 때도 혼자라는 건 모두에게 정해진 운명이다. 함께 있음에도 불구하고 외롭다는 것을 탓하지 말고, 함께 있어도 외로움에선 벗어날 수 없다는 사실을 인정해야 한다. 인정했을 때 마침내 자유로운 마음으로 누군가를 찾지 않고 혼자 있는 삶을 긍정적으로 바라볼 수 있다.

자신을 바라볼 수 있는 용기

코로나라는 거대한 전염병을 맞닥뜨리면서 사람들은 어쩔 수 없이 혼자만의 시간에 익숙해졌다. 사람과 소통하지 못하고 집에 머무르는 시간이 길어지며 우울증 환자가 증가했다는 기사를 본 적이 있다. 그러나 점점 사람들은 누군가를 만나지 않고 혼자서 무언가에 열중하는 시간이 얼마나 즐거운 일인지 알게 되었다. 집을 꾸미고, 그림을 그리는 등 취미 생활을 즐기고 원하는 공부를 하며 자신만의 시간을 보내는 방식이 일상 깊숙이 자리 잡았다. 코로나 전에는 어떠했나. 저녁이면 회식하고 모임을 가졌다. 삼삼오오 모여 북적북적 함께 지내는 삶이 즐겁다고 생각했다. 혼자만의 시간이 어색해 외로움을 견딜 수 없는 사람들은 사람을 찾았다.

연인과 헤어진 후 곧바로 새로운 연인을 만나는 환승연애. 환승연애를 하는 까닭은 외로움을 참을 수 없어서일지 모른다. 환승연애를 하는 사람들은 한 사람과의 연애를 끝내고 곧장 다른 연인을 만난다. 외로움을 견디기 어려워서다. 사람들은 외로움이 두려울수록 혼자는 쓸쓸하고 초라하다고 생각한다. 불편한 감정은 경험하고 싶지 않기에 차단한다. 외로움에서 벗어나고 싶은 마음으로 빠르게 새로운 연인을 곁에 둔다. 만난 지 얼마 되지도 않은 상대에게 기대고 기대한다. 자신보다 타인에게 기대하는 바가 클 때 내 정체성을, 내 행복을, 내 가치를 남에게 맡기고 주관 없이 살아간다. 혼자만의 시간 없이 새로운 사람을 만난다는 건 한 사람으로서 불완전한 선택이다. 외로움을 버틸 힘은 타인이 아닌 나에게 기대하는 삶을 살 때 생긴다. 그렇다면 타인이 아닌 자신에게 기대하는 마음은 어떻게 키울 수 있을까. 자기 내면을 파악하는 일이 가장 중요하다. 연애 상대의 본성을 하루아침에 알 수 없듯이 사람의 내면은 복잡하고 까다롭다. 연애 상대를 살피듯 자기 자신도 천천히 알아간다는 마음가짐이 내면을 바라보는 데 도움 된다.

일기는 자신의 내면을 살펴보는 도구로 유용하다. 오랜 시간 풀리지 않고 자신을 괴롭히는 일에 대해 글을 쓰다 보면 의외로 간단히 해결되는 경험을 할 수 있다. 자신에게 닥친 상황에서 느끼는 감정을 그대로 써 보는 건 어떨까. 그날 있었던 사건과 그 사건에 관한 생각과 기분을 기록해도 좋다. 글로 읽다 보면 내 고통이 어느 순간 타인의 일처럼 느껴진다. 상처받은 마음이 한결 가벼워진다. 기쁨, 슬픔, 두려움, 분노, 공포, 죄책감, 수치심 등 내면에서 올라오는 감정 중 옳지 않은 감정은 하나도 없다. 감정들을 타인에게 폭력적으로 표출했을 땐 문제가 되지만, 감정 자체는 아무런 문제가 되지 않는다. 상황에 따라 느끼는 감정을 받아들이고 다스릴 줄 알게 되면 성숙한 사람으로 거듭난다. 자신의 마음에 관해 쓰는 글은 감정을 차곡차곡 정리해 주는 역할을 한다. 일기를 쓸수록 복잡한 내면은 정리되고 어수선한 감정으로 소란스러웠던 마음은 안정된다.

또 일기에는 자신의 미래를 담을 수 있다. 남에게 말하지 못한 꿈이나 이루고 싶은 앞날의 모습을 자유롭게 써도 된다. 반복해서 적다 보면 꿈은 선명해지고 꿈을 이루기 위해 해야 할 일들도 구체적으로 떠오른다. 선명해진 꿈을 이루기 위한 실천들은 나의 성장을 돕는다. 성장은 원동력이 되어 꿈을 성취하도록 힘을 보탠다.

요즘에는 온라인으로 공개하는 일기를 쓰는 사람들도 적지 않다. 온라인에 쓰는 글이나 일기는 다른 사람들에게 보이는 글로 진심을 말하기 어려울 때가 있다. 보이기 위한 글에서는 솔직할 수 없지만, 나만 보는 글에서는 자신의 마음을 숨기지 않게 된다. 타인이 보는 온라인 글은 나보다는 다른 사람들에게 맞춰진 글이 되기 쉽다. 내용도 일기보다는 이목을 끌기 위해 쓸 확률이 높아진다. 다른 사람들이 보는 온라인에 글을 쓰기보다는 나만 간직하는 일기를 써보길 권한다. 생각을 정성스럽게 기록하다 보면 혼자 있는 시간이 혼자가 아닌 것 같은 느낌이 든다. 혼자이지만 나와 함께 있는 셈이다. 나에게 내 이야기를 하고 내가 나의 이야기를 들어줌으로써 자신과 깊은 대화가 가능해진다.

자기 내면을 알기 위해 두 번째로 해야 할 일은 산책이다. 혼자 하는 산책을 추천한다. 누군가와 함께 산책하면 이야기하게 되고 주변을 놓치는 순간들이 생긴다. 그렇지만 혼자 하는 산책은 다르다. 온전히 자신과 대화하는 시간이다. 나도 혼자서 자주 산책하는데 여러 가지 생각들이 떠올라 스스로 묻고 답한다.

몸을 움직이는 신체활동이면서 동시에 정신 활동도 함께 할 수 있는 게 산책이다. 천천히 걸으며 한 걸음, 한 걸음 내딛는 발걸음은 내게 나의 기운을 전한다. 산책은 자연을 느끼고 걸으면서 나의 내면을 바라볼 수 있는 좋은 행위다. 괴테, 헤겔, 하이데거 등 존경받는 유명한 철학자들은 혼자 하는 산책을 즐겼다. 그들이 걸었던 거리는 철학자의 길이라는 이름으로 남아 현재도 산책로로 이용되고 있다. 우리를 앞서 인생을 산 철학자들에게 혼자 산책하며 사색하는 시간이 없었다면 어땠을까. 그들의 깊은 사유가 담긴 책들을 보기 어려웠을 것이다. 이렇듯 산책은 혼자만의 시간 활용을 극대화한다. 오래 산책하다 보면 걸을 수 있음에 감사하는 순간이 온다. 산책을 통해 평소와 다르게 느끼는 감정과 생각들로 내면은 깊어진다. 산책은 다른 신체 활동과 달리 특별히 준비할 게 없으니 언제, 어디서든 마음만 먹으면 쉽게 할 수 있는 활동이다. 일기에 나에 대한 글을 쓰듯 산책하며 내면과 반복해서 대화하다 보면 나보다 소중한 친구는 없다는 걸 알게 될 것이다.

외로움을 견디고 나를 보듬으며 함께할 친구는 내가 유일하다. 나를 친구 삼아 산책하다 보면 어느새 외로움은 사라지고 그 자리엔 두터운 자신과의 관계가 머문다.

마지막으로 내면 성장을 위해 필요한 건 명상이다. 명상도 산책과 마찬가지로 특별한 준비 없이 자기 내면과 만날 수 있는 좋은 행위다. 예전에는 명상이라면 산속 깊은 곳에서 수련하는 사람들이 하는 활동으로 인식했다. 현재는 곳곳에서 명상 프로그램을 어렵지 않게 접할 수 있다. 숨 가쁘게 돌아가는 현대 사회에서 명상은 숨을 고르는 휴식의 시간이 된다. 편안한 들숨 날숨을 통해 몸과 마음을 이완하는 명상을 잘 활용한다면 온전히 나를 느끼는 소중한 시간이 될 것이다. 명상은 몸에는 편안함을, 복잡한 생각에는 단순함을 준다. 사람 사는 게 거기서 거기이듯 고민도 고만고만하다. 죽고 사는 문제가 아니라면 시간이 해결해 주기도 하고 각자의 노력으로 헤쳐갈 수 있는 걱정들이 대부분이다. 호흡에 나를 맡기면 잠시라도 고민을 잊을 수 있고 떠오르는 잡다한 생각들은 잠잠해진다. 명상은 마음에 남은 감정의 찌꺼기를 비우는 데 큰 도움이 된다.

나도 명상 프로그램에 참여한 적이 있었다. 바쁜 일상에 생각이 넘치고 몸은 힘들었는데 명상으로 인해 신체를 이완하고 긴장을 풀며 하루를 평온하게 시작할 수 있었다. 몇 개월 수업 참여 후 음악을 틀어놓고 지도하는 사람 없이 혼자 하는 명상을 시도했다. 익숙해지니 생각을 정돈하는 개운한 하루를 보내게 되었다. 요즘 여러 영상에서 잔잔한 음악을 틀어주고 명상하는 방법도 알려주니 꼭 경험해 보길 바란다.

대다수 사람들이 닥친 현실과 보이지 않는 이상 사

이에서 헤매다 길을 잃는다. 삶은 현실과 이상 사이를 찾아가는 과정이 아닐까. 명상은 자기를 돌아보고 삶을 옳은 길로 인도하는 이정표와 같다. 이정표를 가진 사람은 길을 잠시 벗어난다 해도 길을 잃지 않는다. 명확한 길을 알고 있어 늦더라도, 헤매더라도, 경유지가 있더라도 어김없이 정해놓은 길로 간다. 원하는 길로 가기 위해선 내면의 목소리가 도움 된다. 내면의 소리를 들을 수 있을 때 이상적인 내 모습에 가까이 갈 수 있다.

살다 보면 자주 자신의 의견을 무시하면서 살아간다. 연인의 말에, 가족의 말에, 친구의 말에, 생판 처음 보는 사람들의 말에 평가받고 그게 내 모습인 것처럼 믿는다. 자기 생각을 말하고 자신의 의견을 내세우는 건 이기적인 행동이 아니다. 상대를 배려해야 한다는 사회 인식은 타인의 의견에 자신을 맞추고 귀 기울이

게 했다. 점점 남의 말에 휘둘리게 되었다. 이제 타인의 말들 속에 흔들리기보다 나를 바라보고 내면과의 대화를 통해 불필요한 말들을 무시할 용기를 가져야 한다.

누군가를 찾아 계속 만남을 이어가는 것이 외로움을 없애는 방법이라고 잘못 알고 있는 사람이 많다. 자신의 외로움은 타인이 해결할 수 없고 외로움으로 사람을 찾을 때 관계는 더 망가진다. 항상 기댈 수 있는 사람을 만난다는 건 불가능하다. 찾는다 하더라도 이별하는 일이 연속인 삶에서 내 뜻과는 상관없이 맞이해야 하는 이별을 피할 수는 없다. 영원할 것 같은 친구도 언젠가 멀어지게 되어 있다. 마지막 사랑이라고 장담하던 연인도 인연이 다하면 헤어진다. 사랑해서 결혼했지만, 온갖 밑바닥을 보고 이별하는 사람들을 자주 본다. 사랑하는 부모도, 가족도 시간이 흐르면 죽음으로 이별한다. 뜻하지 않은 질병을 얻었던 사람들, 큰 사고를 당해 생사가 오갔던 사람들. 사랑하는 사람과 이별해야만 했던 사람들, 여러 가지 실패로 주변에서 소외되었던 사람들. 이 모든 사람은 혼자 있는 외로운 시간을 견뎠기에 강해졌을 것이다. 강해서 혼자 있었던 게 아니라 혼자 있는 시간을 견뎠기에 강해진 것이다.

자기 내면을 바라보는 방법들을 실천할수록 혼자 있는 시간을 두려워하지 않을 수 있다. 혼자라는 두려움에서 벗어나면 타인에게 기대지 않고 남이 아닌 나에게 희망을 품는 사람으로 발전한다. 마음이 지쳐 고달프면 세상에 자기편이 아무도 없다고 느낄 때가 있다. 외로운 순간 가장 좋은 친구이자 든든한 조력자는 내가 되어야 한다. 외로움이 덮쳐 힘들고 고단할 때, 나를 지탱하고 돌볼 수 있는 유일한 사람은 바로 나 자신이다.

나를 채우고 타인 바라보기

핵가족이 점차 늘면서 독립하지 못하고 부모와 함께 사는 청년들이 증가했다. 그리하여 결혼 시기도 점점 늦어지고 있다. 늦은 결혼으로 성인이 된 자녀를 보살피는 양상은 사회 문제로 부각된 지 오래다. 나이 든 부모가 어른이 된 자녀를 양육하고 보호하고 있다는 뜻으로 캥거루족이라는 말이 생겼다. 2022년 기준 우리나라 캥거루족 비율은 OECD 1위(81%)로, 평균(50%)의 1.6배에 달한다고 한다. 취업난, 높은 집값,

고물가 등을 이유로 여전히 부모에게 의존해 살기를 희망하는 청장년이 증가하고 있다.

성인이 되어서도 주체적으로 살지 못하는 사람은 자신의 인생을 책임지지 못한다. 나이가 들어 노인이 된 부모에게 보호받길 원하고 여전히 의지하는 삶으로 이어진다. 자립 시기가 지난 후에도 부모의 정서적 보호와 육체적 노동이 포함된 희생을 자연스럽게 받아들인다. 결혼하기 전까지 부모와 함께 살고 결혼 후에도 부모에게 의지하면서 자율적인 인간으로 독립하지 못하는 삶을 살아간다. 자녀를 독립시키지 못한 부모는 부모의 임무에서 해방되지 못한다.

독립적으로 살지 못한 사람은 자신의 삶에 적극적으로 다가서지 않았기에 혼자만의 생활을 두려워한다. 자기 일을 직접 결정하지 않고 보호자, 주 양육자가 그려주는 삶을 살아온 까닭이다. 남이 지시하는 대로 사는 삶은 참 편한 삶이다. 주체적이고 능동적인 삶을 살고 싶지 않은 사람에게는 그보다 더한 행복이 없다. 누군가 나 대신 생각해서 해야 할 일을 콕 짚어 말해주니 얼마나 편리하고 쉬운 인생인가. 부모에게서 독립하지 못한 사람은 세월이 흘러 혼자가 되었을 때 혼자 있는 시간을 견디지 못하고 의지할 다른 사람을 찾기 위해 두리번거린다. 타인에게 내 뜻대로 의지할 수 없다면 괴로움은 더해진다. 정신적으로 독립하지 못함으로써 이어지는 악순환의 연속이다. 세상에 나가기 전에 알아야 할 도리를 배우고 보호받아야 할 나이에는 부모의 도움으로 성장하는 것이 마땅하다. 그러나 성인이라면 결혼 전 부모에게서 공간과 시간을 분리해 독립적인 혼자만의 시간을 가져야 한다. 자녀는 정서적, 물리적, 경제적으로 독립하고 부모는 자녀의 독립을 인정하고 응원할 때 사회에서 1인분의 역할을 충족할 수 있는 사람으로 거듭난다. 인간은 누구에게나 혼자만의 시간이 필요하고 스스로 성찰하는 기회를 가졌던 사람이 자신의 삶을 이끌어간다. 독립적인 시간을 보낼 줄 아는 사람이 타인의 독립적인 성향과 자유를 받아들인다.

독립적인 삶을 모르고 혼자만의 시간을 보내보지 못한 사람은 후유증이 기필코 생긴다. 직접 주도하는 삶을 살지 못했기에 혼자 있는 시간이, 혼자서 무언가 결정해야 하는 과정이 괴롭다. 혼자서 생각하는 힘을 잃어버린다면 삶이 즐거울 수 없다. 뭘 해도 만족하지 못하고 공허할 따름이다. 자기 삶이 즐겁지 않은데 누군가와 함께하는 삶이 과연 즐거울 수 있을까.

지난날엔 결혼하여 가족을 이루는 것이 원가족과

분리되는 독립이라고 믿었다. 결혼을 독립의 의미로 볼 수 있을까? 결혼은 더해진 역할과 의무를 누군가와 함께 짊어지는 것이지, 독립이라고 말할 수 없다. 결혼은 독립이 아니라 상황에 따라 자유를 억압하는 구속이 된다. 가정은 부모로부터의 도피나 자립 수단이 아니라, 상대를 사랑하는 마음으로 이루어져야 한다. 사랑하는 마음과 별개로 잘못된 독립을 꿈꾸며 한 결혼은 미성숙함의 결과로 현실에 부딪친다. 성장하지 못한 사람이 사회에서 부여된 임무를 수행하고 책임을 이겨내려고 하니 힘에 부치는 건 당연한 일이다. 혼자 독립적으로 살아보지 못해 자기 자신도 모르는 상태에서, 비슷한 미성숙한 사람을 만나 함께 사는 삶은 어떠할까. 주체적인 삶에서 오는 자유를 모르기에 서로를 억압하고 구속하려 든다.

결혼 전에 독립하지 못한 자아는 결혼 후 출산에도

어려움을 준다. 남녀를 떠나 아이를 낳아 보육하는 일에는 셀 수 없이 많은 책임과 의무, 희생이 동반한다. 한 생명을 책임질 때는 스스로 커다란 용기를 내야 한다. 여러 가지 사회 현상이 육아에 어려움을 준다는 건 명백한 사실이다. 사는 지역, 머무는 집의 크기, 소유한 자동차, 자산 등을 들먹이며 끝없이 비교할 상대를 만들고 비교 대상이 된다. 아이에게 부유함을 주지 못하면 다른 가정과 비교하면서 상대적 박탈감을 쉽게 느낀다. 물질로만 행복의 유무를 판단하는 현실은 남들보다 풍요롭게 사는 환경에만 집착하게 되었다. 부유한 모습과 소유한 물건 등으로 행복의 기준을 외부에서 찾고 만족감, 충족감과 같은 감정들은 뒷전으로 밀려났다. 아이에게 물질적 풍요를 주지 못했을 때 부모로서 가지게 될 미안함과 죄책감을 피하고 싶은 마음은 출산을 포기하기에 이르렀다. 자아가 견고하게 세워지지 않은 상태에선 남의 말에 흔들리고 시대에 물든다.

누군가의 도움으로 태어나 부모 또는 타인을 의지하고 살아가며 혼자만의 시간을 갖는다는 건 쉬운 일은 아니다. 태어나 나이가 드는 것은 별다른 노력이 필요 없지만 혼자 삶을 이어갈 때에는 부단한 노력이 따른다. 기본적인 삶을 살아가기 위해서는 비용이 들고 수입을 얻기 위해 사회생활을 해야 하므로 대인관계에도 신경 써야 한다. 스스로 독립해 본 적이 없다면 사람과의 관계도 어려울 수 있는데, 상대를 독립된 인격체로 보지 않고 쉽게 참견하고 간섭하기 때문이다. 타인을 알아가기 위한 노력과 나에 대한 성찰은 혼자 있는 독립적인 시간이 있을 때 가능하다. 타인과 나를 깨닫는 시간 속에 내면을 바라보는 눈이 깊어진다. 혼자만의 삶에 집중해 본 사람은 자신의 소중함을 알듯이 남도 귀하다는 걸 알기에 너그럽다.

혼자만의 시간을 풍부하게 보내고 난 후에야 진정한 독립을 이룰 수 있다. 혼자가 되는 시간은 자신에 대해 생각할 수 있는 가장 좋은 시기다. 자신이 성장할 수 있는 유일한 시간이기도 하다. 타인에게 의지하려는 마음을 버리고 천천히 자신을 돌아본다면 내면을 채울 수 있다. 내가 얼마나 중요한 사람이고 독립적인 소중한 존재인지 알게 된다. 그때야 비로소 자신이 짊어질 책임과 의무를 받아들이고 성실히 수행할 힘을 갖는다.

'인간의 모든 불행은 단 한 가지, 방 안에 가만히 머물러 있을 줄 모르는 데서 비롯된다.'라는 철학자 파스칼의 말은 독립적인 생활만으로 불행을 비껴갈 수 있

다는 뜻으로 해석할 수 있다. 혼자만의 시간을 현명하
게 보낸 사람이 타인과의 관계도 좋다. 독립적인 생활
로 자아를 확립하고 나면 타인을 바라보는 마음까지
유연하게 발전한다. 타인을 이해하고 존중하게 된다.
독립적인 시간은 단순히 혼자만의 세계에 빠지는 게
아니라 나와의 관계를 형성하는 중요한 시간이다. 나
와의 관계가 탄탄할수록 상대를 향한 포용력이 향상
되고 마음으로 공감할 수 있다. 우리에게 혼자만의 독
립적인 시간이 필요한 건 나만이 아닌 나와 함께할 타
인을 위해서이기도 하다.

고립 아닌 고독

"우리의 모든 불행은 혼자 있을 수 없는 데서 생긴다."

철학자 쇼펜하우어는 인간은 혼자 즐기는 삶을 살아야 한다고 강조했다. 쇼펜하우어는 무슨 영문으로 고독한 삶을 강조했을까? 왜 사람은 혼자 있어야 하는가? 아니, 왜 사람은 혼자 있지 못하고 혼자 있기를 겁내는가?

네트워크 발달로 우리는 혼자 있으면서 혼자이지 않은 시간을 보내고 있다. 혼자 있길 바라면서 스마트폰을 손에서 놓지 않고 세상과 소통하며 사람과 어울리길 바란다. '세상과 단절되는 건 아닌지' 혹은 '수많은 정보와 멀어져 나만 뒤처지는 건 아닌지' 앞서 걱정한다. 이러한 불편한 마음으로 인해 늘 긴장과 초조함 속에서 살아가며 혼자 있는 시간은 즐기지 못하고 불안을 느낀다. 인간은 사회적 동물이면서 한 개인이다. 혼자서는 살 수 없는 게 인간이지만 개인으로서 고독과 친해져야 한다.

국어사전에서 고립은 '다른 사람과 어울리어 사귀지 아니하거나 다른 사람의 도움을 받지 못하여 외따로 떨어짐'이라고 정의한다. 고독은 어떻게 정의할까? 고독의 사전적 의미는 '세상에 홀로 떨어져 있는 듯이 매우 외롭고 쓸쓸함’이라고 설명한다. 고립은 다른 사람과 어울릴 수 없거나 도움받지 못하는 타인과의 관계에 대해 말하고 있다. 반면 고독은 홀로 떨어져 매우 외롭고 쓸쓸한 자신의 감정에 대해 나타낸다. 고립과 고독 둘 다 홀로 떨어져 있는 시간이지만 뚜렷한 차이가 있다. 내가 생각하는 고립과 고독의 차이는 고립은 자신이 원하지 않는데 처할 수밖에 없는 상황이고 고독은 자기가 원해서 만드는 상황이다. 따라서 고립은 두려울 수 있으나 고독은 전혀 두려워할 일이 아니다.

사람은 혼자서는 살 수 없는 존재로 태어난다. 태어난 아기는 의미 없는 배냇짓(갓난아이가 자면서 웃거나 눈, 코, 입을 쫑긋거리는 짓)을 하고 소리를 내어 울면서 본능적으로 자신의 불편함을 알린다. 엄마의 몸 양수 안에서 그러했듯 팔, 다리를 휘젓는 일이 할 수 있는 전부다. 혼자 이동할 수 없으며 도움 없이 체온을 유지할 수 없고 음식을 찾아 먹지도 못한다. 아기에게 타인의 도움은 생명과 연결된다. 1년 가까이 타인의 도움이 있어야 생명을 유지할 수 있는 동물은 인간이 유일하다. 인간은 태어날 때 삶이 이어지도록 도와줄 누군가가 없다면 죽음을 맞이해야 한다. 그러므로 사람은 어려서부터 타인의 도움을 받고 살아온 삶에 익숙하다. 다른 사람과 함께 하는 삶이 당연했기에 누군가의 도움 없이 혼자 떨어져 사는 삶은 두려울 수밖에 없다.

태어나서는 가족과 함께 생활하고, 신체활동과 의사소통을 할 수 있는 시기가 오면 학교에 다니면서 사람들과 어울린다. 인간은 사회적 동물이라는 말을 증명이라도 하듯 가정, 학교, 직장, 사회 여러 공동체에 자의 또는 타의로 소속된다. 태어난 직후부터 수십 년

간 부모와 형제, 자매, 친척, 친구, 동료, 이웃, 지인들과 어울리는 삶에 길든 채로 살아간다. 어쩌다 혼자 있는 시간이 오면 견디지 못하고 사람을 찾는다. 혼자 떨어져 있지 않고 누군가와 소통하면서 친밀함을 유지할 때 안정감을 얻기 때문이다. 그러나 자신과 맞지 않는 사람과 관계를 이어가다 보면 여러 문제가 생길 가능성이 높다. 고립이 두려운 마음에 상대와 나의 다른 점에서 오는 불편을 참아가며 관계를 이어간다면 나를 잃는다. 고립이 겁이나 잘못된 만남을 선택한 데서 오는 후회는 나의 몫이다.

다른 사람과 어울리지 못해서 괴로운 고립은 타인의 영향을 받을 수밖에 없지만 자기 힘으로 선택하는 고독은 다르다. 고독은 고립보다 자율적인 행동이다. 타인과 함께하지 않겠다는 선택이 고독인 셈이다. 자유의지로 무언가를 선택했을 때 우리는 달라진다.

고독을 선택하여 달라지는 점, 첫째는 나 자신과 가까워진다는 것이다. 타인과 시간을 보내면 자기 자신과 가까워질 시간이 줄어든다. 나와 친밀해지기란 어려운 일이다. 자기 내면을 바라보지 못하고 친하지 않을 때 타인을 찾아 무의미한 이야기를 주고받는다. 나와 친밀해지면 내가 하는 말에 귀 기울일 수 있다. 내가 좋아하는 환경, 음식, 상황. 즐기는 일, 나를 지탱하는 힘, 떠오르는 생각, 바라는 미래 등. 혼자 있다 보면 나와 여러 가지를 대화하게 되고 내가 모르던 나를 깨닫는다. 고독은 나를 탐구해서 새로운 나를 만들어 가는 시간이다. 자신과 소통할 수 있는 사람은 더 이상 혼자 있는 것이 어렵지 않다. 쓸쓸하지 않다. 두렵지 않다. 혼자만의 시간에 점점 빠져든다. 혼자 있는 자유를 만끽할 수 있다.

대인관계에서 오는 스트레스를 받지 않고 피할 수 있다는 점이 고독함으로 달라지는 둘째다. 사람에게 상처받아 힘들지만, 고립에 대한 두려움으로 거듭 누군가를 찾고 또다시 아픔을 겪는다. 사람은 너무 가까울 때 괴로운 법이다. 고독한 시간에 머문다면 타인을 바라보는 눈이 생긴다. 늘 가까이 있으면 보이는 것만 믿는다. 고독은 나와 타인을 깊이 생각하고 정리할 기회를 준다. 아무리 좋은 사람이라도 하나부터 열까지 전부 나와 똑같기는 어렵다. 다른 점을 서로 맞추고 보완해 가며 만나야 하는 관계는 순탄치 않다. 함께 맞추면 다행인데 일방적으로 내가 양보하는 이기적인 관계는 한 쪽에 스트레스만 남는다. 그런 불필요한 관계를 이어갈 필요가 있는가. 고독을 선택하고 즐긴다면 관계에서 오는 심리적 고통은 내 몫이 아니다.

셋째, 고독은 나를 성장하게 한다. 내가 가진 에너지

는 한정되어 있다. 타인과의 만남은 내 기운을 나누는 일이다. 혼자 있는 시간을 즐긴다면 내 에너지를 누군가와 나누지 않아도 된다. 내 안의 가득한 좋은 기운을 오롯이 나를 위해 쓸 수 있다. 흘러가는 사람과의 불필요한 대화를 피했을 때 나와 대화할 수 있는 귀중한 시간을 얻는다. 나와의 대화는 나에 대해 알아가는 과정을 경험하게 한다. 깊은 사유로 나를 만나면 물질적, 정신적으로 내가 원하는 것, 이루고 싶은 일들을 깨닫는다. 깨달음은 자기 계발로 이어진다. 혼자 있는 시간에 생각하고 올바르게 고민한 일을 도전하는 자세는 머물러있는 현재보다 더 나은 현실을 만든다.

고독은 우리를 자유롭게 한다. 타인의 시선으로부터, 어쭙잖은 충고로부터, 원하지 않는 조언으로부터. 고독을 즐길 수 있는 사람은 혼자라는 사실에 두려운 마음을 갖지 않는다. 자유를 즐기지 못하는 상황을 두려워하고 고독을 세상과 타인과의 단절이라고 생각하는 자세를 경계해야 한다. 내가 통제할 수 있는 자유로운 생활을 두려워할 연유는 없다. 고독으로 인해 내면은 풍성해진다. 고독으로 얻은 깊은 사유는 나 자신을 진실하게 바라보게 한다. 내 안에서 찾은 나에 대한 정의로 세상과 타인의 시선에서 벗어날 수 있다. 우리는 혼자 있어서 불행한 것이 아니라 혼자 있지 못해서 불행한 것이다. 고독은 나를 위한 선택이다.

혼자만의 시간, 마주하기 어렵다면

"자니?"

늦은 밤 고요한 정적을 깨우는 메시지를 누구나 한 번쯤은 받아봤을 것이다. 혼자만의 고요한 시간을 보내려는데 방해하는 메시지는 부담스럽다. 대답하면 길어질 게 뻔해서 답해야 할지 말아야 할지 갈등을 일으킨다. 늦은 저녁, 새벽에 전화하거나 메시지를 보내는 사람은 상대를 전혀 배려하지 않는 사람이다. 자신의 상황과 기분만 소중해서, 상대의 시간에 해를 끼친다는 사실을 미처 생각하지 못한다. 사람들은 대개 상대방의 상황을 고려하지 않고 자신이 편한 시간에 전화하고 메시지를 보낸다. 준비되지 않은 상태에서 응답해야 하는 전화와 메시지는 누구에게나 피로를 안긴다. 개인의 시간을 훼방 놓는 불편함으로 인해 콜포비아(전화와 공포증의 합성어)가 늘어가는 건 아닐까? 정말 급한 일이면 어쩔 수 없겠지만, 늦은 시간에 오는 시답잖은 내용의 연락을 반가워할 사람은 많지 않다. '늦은 시간에 죄송합니다.'라는 사과도 상대방을 위한 것은 아니다. 사과하면서 자신의 도덕성을 챙기려는 것뿐이지, 죄송하면 늦은 시간에 연락하지 말았어야 한다.

고독을 즐겨야 할 늦은 저녁이나 새벽에도 전화가 울려, 온전히 편한 휴식을 취할 수 없는 날들이 늘어간다. 달갑지 않은 전화들이 평온한 휴식 시간에 불쑥불

쑥 끼어든다. 24시간 연락이 가능한 스마트폰이 족쇄처럼 느껴질 때가 있어 갑갑하다. 항상 연락이 닿아야 하는 5분 대기조는 사람을 지치게 한다. 늘 메시지에 응답할 준비가 되어있어야 하는 현대인에게 개인 시간이 부족한 것은 어쩌면 당연한 상황이 아니겠는가. 요즘에는 혼자만의 시간을 보내는 일에도 어려움이 따른다.

몸도 마음도 커가는 시기인 사춘기가 되면 혼자만의 시간이 간절해진다. 그러나 혼자 시간을 보내기는 쉽지 않다. 학교에 가면 함께 공부하는 친구들이 가득하고 집에는 가족이 있어 혼자만의 시간은 턱없이 부족하다. 사춘기에 들어서면 생각이 많아지고 말수가 줄어드는 게 자연스러운데 가족들은 고독하고 싶은 마음을 따뜻하게 바라봐주지 않는다. 변한 모습에 거부감을 느끼고 다정했던 어린아이의 모습으로 돌아오길 바란다. 가족과 함께 거주하는 집이라는 공간에서 혼자 있는 시간을 마주하기란 무척 어렵다.

20~30대가 되어서도 여전히 가족과 함께 지내는 경우가 적지 않아 환경은 크게 바뀌지 않는다. 성인이 되어 가정을 이룬다면 혼자만의 시간은 더 멀어진다. 자녀 양육이 마무리되어 생활의 안정을 찾는 50대가 되고 나서야 고독을 즐길 수 있다. 모두가 같은 상황은 아니겠지만, 태어난 지 50년이 지난 그제야 혼자만의 고요한 시간을 맞이할 수 있다는 것이다. 늘어난 수명으로 노후 대비를 위해 일을 해야 한다면? 늦게까지 독립하지 못한 자녀가 부모의 경제력을 필요로 같이 산다면? 50대가 되어서도 혼자만의 시간을 찾기란 어려울 수 있다. 자녀의 자녀 육아까지 도맡기도 해서 혼자만의 시간은 더욱더 부족해지는 게 현실이다. 고독

의 힘을 키울 시기는 방해받고 사라지고 있다.

　외부 자극에 지친 일상으로 인해 개인 시간이 간절해졌고 간절함은 사람들을 새벽에 눈 뜨게 했다. 시간, 공간, 상황에 의해 혼자만의 시간을 갖기 어려운 현실의 사람들에게 적막한 새벽은 조용히 생각을 정리할 수 있는 귀한 시간이 되었다. 혼자만의 고요한 시간의 소중함을 알게 된 사람들은 새벽에 일어나 자신만의 방식으로 시간을 활용했다. 하지만 어떤 사람들은 언제부턴가 시간 활용보다 새벽 기상 인증에만 집착하는 모습을 보였다. 새벽에 보내는 시간에 몰입하기보다 새벽 기상을 SNS에 인증하며 뽐내기 위한 일상으로 이용했다. 남을 따라 하며 만족하는 현대사회 이면을 보여준 셈이다.

　혼자만의 시간이 절실할 때 시간대가 중요한 건 아

니다. 혼자 보내기에 적절한 시간대가 개인에 따라 다를 수 있다. 누군가는 아이들을 학교에 보낸 조용한 오전이 될 수 있고, 가족생활에 따라 오후가 되기도 할 것이다. 새벽 기상을 강조하기 전에 어느 시간대든지 자신을 위해 적극적으로 시간을 만들고 활용하는 것이 중요하단 사실을 기억했으면 한다. 사람들은 흔히 새벽에 일어나는 사람만이 부지런하다고 오해하기 일쑤다. 물론 새벽에 꾸준히 일어난다는 게 쉬운 일은 아니다. 그러나 9시에 자고 4시에 일어나는 사람과 3시에 자고 8시에 일어나는 사람 중 누가 더 시간을 활용하는 건지 굳이 따지지 않아도 알 거라 생각한다.

새벽에 일어나기 힘든 사람이라면 새벽 기상에 집착하지 말고, 자신에게 맞는 고요한 시간을 찾아보면 어떨까? 새벽까지 깨어있긴 쉽지만 일어나긴 힘든 사람이 있을 수 있다. 자기에게 맞는 시간을 선택해 알차게 활용해야 한다는 것을 기억하고 무리하게 새벽에 일어나 건강을 해치는 행위를 하지 않도록 주의했으면 한다. 언제 일어나든 자신에게 맞는 시간을 선택해 혼자만의 시간을 잘 보내는 것이 중요할 뿐이다. 가족들이 전부 자고 스마트폰 울림이 적은 새벽이 혼자 조용히 고독을 즐길 수 있는 최적의 시간이 될 수도 있지만 개인마다 상황이 다를 수 있으니, 자신에게 맞는 시간을 활용하면 좋겠다.

살아가다 보면 공부, 가족, 일, 결혼, 육아, 환경, 시간 등에 구애받으며 혼자만의 시간을 갖기가 얼마나 어려운지 알게 된다. 자신을 위해 쓸 시간조차 마음 편히 보낼 수 없게 만드는 방해 요소는 점점 많아진다. 자신에게 집중할 수 있는 시간은, 원한다고 아무 때나 가질 수 있는 게 아니다. 그러니 내게 그런 시간이 주어졌을 때 누릴 수 있어야 한다. 혼자만의 시간의 소중함을 깊게 느낄 수 있을 때 고독의 힘은 키워진다.

누구나 감정을 느끼기에 혼자만의 시간을 즐기는 사람도 외로움에 사무칠 수 있다. 혼자만의 시간을 가져야 한다는 이유로 참을 수 없는 외로움까지 억누르며 견뎌낼 필요는 없다. 외로운 마음이 든다면 사람을 만나 소통할 수 있겠지만 상황이 여의치 않다면 인스타그램, 스레드, 페이스북 등 SNS 활동을 통해서도 외로움을 어느 정도 해소할 수 있다. 혼자 있는 게 몹시 외로울 때 글로 소통하는 것도 고립감을 해결하는 하나의 방법이다.

친한 사람을 만나도 대인관계에서 오는 피로감은 있을 수 있다. 가족에게도 속내를 드러내기 힘들 때, 익명의 공간에서 고민과 생각을 적당히 공유하다가 위로받을 때가 더러 있다. 외로움을 견디기 힘들 때 모

르는 사람들과 온라인에서 하는 최소한의 소통으로
외로운 감정에서 조금은 벗어날 수 있을 것이다. 외로
움을 참기 위해 너무 애쓰지 말기를. 매일 담배 15개비
를 피우는 것보다 외로움이 더 해롭다고 하지 않는가.
고독을 즐기고 싶은 마음이 간절해지면 마음에 병이
되기도 하듯이 진한 외로움을 참는 것 또한 병을 키울
수 있음을 명심해야 한다.

　외로운 시간을 견디고 혼자만의 시간을 즐길 줄 안
다는 건 자신의 삶을 잠시 느슨하게 만들 줄 안다는 것
이다. 바쁜 일상과 끊어내기 힘든 관계 속에서 생각할
여유를 잃고 나아갈 길을 정하기 힘들 때가 있다. 숨
가쁘게 발걸음을 재촉하던 일상에서 잠시 느긋하게
여유를 가져보는 건 어떨까. 혼자만의 시간은 이런 여
유를 느끼게 하고 자신과 한층 돈독해지는 관계를 선

물할 것이다. 정한 목표를 향해 앞만 보고 달리는 시간을 잠시 멈추면 세상의 속도에 휩쓸리지 않는다. 급급한 마음을 버리고 혼자만의 시간을 마주한다면 나 자신을 훨씬 잘 알고 평안한 상태를 유지하게 된다.

조급한 마음에서 벗어난 느슨함은 자신을 안정시키고 평온한 상태에서 더 깊은 사유를 할 수 있게 한다. 혼자만의 시간은 자기 자신을 돌아보는 시간이라 말할 수 있다. 동시에 번잡한 일상에서 내 시간을 훼방 놓는 모든 요소를 배제하고 휴식을 얻는 시간이기도 하다. 원하는 시간에 이루어질 수 없다고 하더라도 혼자만의 시간을 만드는 것은 나 자신을 위해 해야 할 일이다. 직접 만드는 시간은 더할 나위 없이 소중하다. 어렵게 만든 혼자만의 시간을 현명하게 보낸다면 원하는 부도, 지혜로운 마음가짐도, 하고 싶은 공부도, 얻고 싶은 명예도 모두 가능하리라 믿는다.

슬기로운 혼자 생활

아날로그 시대에서 디지털 시대로 넘어가는 1990년대. 지금으로부터 20~30년 전만 해도 식당에서 혼자 밥을 먹는 사람은 드물었다. 혼밥이라는 말이 없었을 만큼 혼자 밥 먹는 사람이 눈에 띄지 않았다. 혼자 밥을 먹으면 밥도 함께 먹을 사람이 없는 외톨이처럼 보여서일까? 내 주변 상당수가 혼자 밥 먹기를 꺼렸다. 그러나 얼마 전 본 식당 풍경은 이전과 달랐다. 혼자 밥 먹는 사람이 손님의 절반이었다. 대부분 스마트폰 영상을 시청하며 혼자 식사하고 있었다. 요즘엔 혼자 밥 먹는 사람들을 위해 1인석이 준비된 식당들도 흔하게 볼 수 있다. 예전에 비해 혼자서 밥을 먹거나 혼자 문화생활을 즐기는 사람 수가 증가했다는 걸 증명한다. 우연히 온라인에서 본 '혼자 놀기 레벨테스트'는 혼자 노는 사람을 어렵지 않게 볼 수 있기에 만들어진 게 아닌가 싶다.

Level 1. 카페 가서 혼자 놀기

Level 2. 쇼핑 혼자 하기

Level 3. 코인 노래방에서 혼자 노래하기

Level 4. 영화관 가서 혼자 영화 보기

Level 5. 여행 혼자 떠나기

Level 6. 술집에서 혼자 술 마시기

Level 7. 음악 페스티벌 혼자 가서 놀기

Level 8. 고깃집 가서 혼자 고기 구워 먹기

Level 9. 놀이공원 가서 혼자 놀기

나는 레벨 8의 고깃집 가서 혼자 고기 구워 먹기를 제외하고 전부 해봤을 정도로 혼자 노는 걸 좋아한다. 지금은 40대 중반이지만 '혼밥'이라는 단어가 없던 20대 시절부터 혼자 밥 먹고 혼자 놀기를 즐겼다. 혼자 놀기 레벨 테스트 항목들을 20대 때 거의 경험했을 정도로 혼자 노는 것을 좋아했다. 하지만 예전처럼 혼자 노는 사람을 외로운 사람으로 보는 시선이 아직도 존재한다. 나는 주로 혼자 노래 부르고, 영화 보고, 공연을 관람하고, 카페에 가고, 밥을 먹고, 쇼핑하는데 어쩌다 물어보는 사람들이 있다.

"혼자서 무슨 재미로 다녀?"

"혼자서 어떻게 밥을 먹어?"

혼자 노는 게 얼마나 즐거운지 모르는 사람들이 하는 말이다. 혼자서 밥도 못 먹는 사람이 무엇을 할 수 있을까. 타인의 시선에 갇혀있는 사람은 혼자 지내는 시간을 어려워한다.

MBTI가 유행하면서 외향인과 내향인이 나뉘었다. 혼자 있는 시간을 즐기는 내향인에 대해 알게 되면서 혼자 노는 사람들이 외로운 사람이라는 인식은 바뀌었다. 내향인은 내성적인 사람이 아니라 자신의 에너지를 내면에서 찾는 사람이다. 혼자 있는 걸 좋아하는 게 당연하고 자연스럽다. 내부 동기를 중요시하고 혼자서 자신의 시간을 조용히 정리하는 게 내향인의 특

징이다. 자신만의 시간을 보내면서 에너지를 충전하기에 자신과 맞지 않는 사람을 만나게 되면 에너지를 빼앗긴다. 그런 까닭으로 혼자 있는 시간을 즐긴다. 외로운 사람이 아니라 혼자만의 시간을 즐기는 사람이다.

내향인이 외향인에 비해 부족한 사람이라는 편견을 가지고 있는 사람들이 가끔 있다. 아르바이트생이나 직원을 뽑을 때 MBTI가 E로 시작하는 사람만 지원하라는 구인 광고를 종종 본다. 활발한 외향인은 성격이 좋고, 말수가 적고 조용한 내향인은 사회생활에 적합하지 않다는 오해로 벌어지는 일이다. 외향인은 사람과 소통하며 외부에서 에너지를 얻지만, 내향인은 혼자서 보내는 시간을 통해 에너지를 얻는다. 나에게 열중하는 삶을 사랑하는 게 내향인이다. 혼자 즐기면서 충전한 에너지를 가지고 건강한 사회생활을 할 수 있다. 혼자만의 시간을 소중히 생각하는 내향인도 마음이 맞는 사람과의 교류는 외향인이 사람을 만나는 것만큼 좋아한다. 혼자 있는 시간을 소중히 여기고 최선을 다해 사랑할 뿐이지 사람을 만나는 걸 싫어하는 게 아니다.

혼자 보내는 시간을 즐기면 타인이 아닌 나에게 초점을 맞추고 자신을 돌보는 안정적인 삶을 살아갈 수 있다. 혼자 있는 시간을 견디지 못하는 사람은 시련이 오면 타인을 찾아 위로받으려 한다. 자기를 돌아보지 못하고 위로하지 못하는 사람은 자신에 대해 모르는 껍데기에 가깝다. 혼자 보내는 생활을 통해 나를 찾고 살아야 내면이 가득 찬 주체적인 사람으로 산다. 그래야 인생을 살면서 맞이하게 되는 갈등과 문제에 슬기롭게 대처할 수 있다. 내향인뿐만 아니라 외향인도 내면의 성장을 위해 혼자만의 시간은 분명히 필요하다.

외향인은 사회생활을 잘하고 내향인은 사회생활이 힘겹다는 인식처럼 오해하는 게 이기주의와 개인주의다. 이기주의와 개인주의는 엄연히 다르다.

혼자 시간을 즐기지 못하고 누군가를 만나 간섭하고 참견해야 직성이 풀리는 사람들이 남의 인생에 개입한다. 이런 사람들은 자신에게 집중하지 못하기 때문에 타인에게 초점을 맞춰 옳지 않은 호기심으로 상대를 바라본다. 개인사를 꼬치꼬치 캐물으며 거침없이 사생활을 침해한다. 남이야 어떻든 자신이 궁금한 것을 배려 없이 묻고 타인의 일상에 무례하게 훈수 둔다. 이기주의는 타인의 마음이나 상황은 생각하지 않고 순수하게 자기 이익만 챙기면서 타인을 무시하는 태도를 뜻한다. 타인으로부터 물리적, 정신적 이득을 얻고 상대의 감정이나 권리를 외면하면서 자기중심적인 행동으로 일관하는 사람은 이기주의자다. 자기중심에 빠진 사람들은 개인의 영역을 바로 보지 못하고 인정하지 않는다. 이타심, 배려심을 포함해 공감하는 마음을 갖는 것조차 기대할 수 없다. 이기주의자는 한 개인의 감정과 상황을 무시한다. 멋대로 상대의 선을 넘나들며 개인의 영역을 침범한다. 타인과 교류가 적은 사람들을 간혹 이기주의자라고 오해하기도 하는데 개인주의 성향이 있을 수 있으나 이기주의 성향과는 거리가 멀다.

개인주의 성향이 강한 사람들은 이기주의 성향을 보이는 사람들을 멀리한다. 개인은 개인으로 존중받아 마땅하다는 신념이 있어서다. 개인주의자는 불편한 호기심, 원하지 않은 참견, 부적절한 조언이 상대에게 피해를 줄 수 있다는 걸 알고 있다. 개인주의자는 한 개인으로서 누군가에게 피해를 주지 않고 자리에 맞는 역할을 해야 한다고 생각한다. 따라서 타인의 자율성과 독립성을 지지하면서 자신도 틀 안에서 벗어나지 않는다. 더불어 개인은 누구나 존중받는 게 옳다고 믿는다. 개인이 가져야 할 자세에 대한 기준이 있어 타인의 영역을 침범하지 않고 자유와 권리를 존중한다. 사회에서 이기주의자는 타인을 존중하지 않아 갈등을 유발하지만, 개인주의자는 상대를 존중하면서 목표에 맞는 성과를 이루도록 돕는다.

개인주의 성향이 강한 사람들과 내향인들은 타인이 아닌 자신을 주체로 삼고, 혼자 있는 시간을 즐기는 사람들이다. 자기 삶을 자유롭게 이끌어가며 타인과의 관계보다 자신만의 독립성을 중요시한다. 주체성이 확립되지 않은 사람은 자신의 정체성을 잃고 헤맨다. 혼자 시간을 보낼 줄 아는 사람만이 자신의 정체성을 찾고 자기만의 행복을 느낄 수 있다.

혼자 시간을 잘 보내는 사람을 두고 우울증이라고 착각하고 걱정하는 사람들을 흔하게 볼 수 있다. 혼자 보내는 시간을 잘못 알고 있어서다. 이런 인식들이 홀로 있는 사람은 외롭고 우울한 사람이라는 색안경을 끼고 바라보게 하지 않았을까. 타인의 혼자 있는 시간을 제대로 바라보지 못하는 사람들은 자기만의 시간을 즐기는 사람들을 어둡다고 판단한다. 혼자만의 시간을 알차게 보내는 사람은 절대 우울할 수 없고 심심하지도 않다. 혼자이지만 나와 함께 있기 때문에 할 일이 무궁무진하다. 하루가 바쁘다.

혼자만의 시간을 즐기는 사람의 만족감을 모르는 사람들은 말한다. '어울리지 못하는 사람, 우울한 사람, 소극적인 사람'이라고. 이러한 편견에 갇혀 단정 짓는 사람들의 말들에 굴하지 않았으면 한다. 꿋꿋하게 자신만의 시간을 누리길.

혼자 차를 마시고, 밥을 먹고, 쇼핑하고, 노래를 부르고, 공연을 보고, 나를 위한 여행을 떠나길 바란다. 고독을 마주할 줄 아는 사람이 할 일은 즐겁게 혼자만의 시간을 만끽하는 것뿐이다. 혼자 생활을 슬기롭게 보내는 사람만이 내면의 풍요로움을 갖는다.

혼자 즐길 줄 아는 자가
인생을 즐긴다

우리는 멈출 줄 모르는 사회 속에서 살아가고 있다. 시간을 쪼개 사용하면서 효과적인 하루를 보내기 위해 애쓴다. 바쁘게 자신을 몰아붙이고 힘들어도 지쳐도 쉬지 못한다. 남들보다 빨리 많이 얻기 위해 고군분투하다 일에 중독되고 자기 계발 늪에 빠진다. 불안한 마음은 과도한 자기 계발 열풍을 낳았다. 늘 생산적인 일을 해야 한다는 압박은 혼자 있을 때조차 건설적인 일들로 자신을 내몬다. 빠르게 적응하는 사람만이 살아남는 급변하는 시대에 혼자만의 시간을 즐긴다는 건 도태될지 모른다는 불안감을 안긴다. 부단히 배우고 익히면서 몇 개의 직업을 갖고 얼마를 벌어 어느 정도 모았는지 과시한다. 어느새 사는 곳의 위치와 집의 평수, 타고 다니는 차 등 외적인 것들이 행복의 척도가 되었다.

월 천 수익을 강조하며 부추기는 강의 광고에 쉽게 현혹되고 남들은 다 있는데 나만 없으면 소외감을 느끼면서 불필요한 소비를 일삼는다. 삐뚤어진 의식은 수저로 보이지 않는 계급을 만들고 더 가진 자만이 높은 위치라며 우열을 가른다. 가진 것으로 타인의 행복을 판단하고 빈곤에 게으름을 섞어 조롱하며 죄책감을 주기에도 서슴지 않는다. 서로 견제하면서 쉼 자체를 즐기지 못하고 힐링이라는 또 하나의 유행으로 나를 꾸민다. 올바른 치유가 아닌 허세 가득한 글과 사진으로 휴식마저 남들에게 보이기 위해 포장한다. 경쟁에 치우친 사회는 개개인에게 불안을 심었고 편하게 휴식조차 할 수 없게 되었다. 우리나라가 OECD 회원국 중 자살률 1위를 기록하고 있지만 지나친 경쟁사회가 비단 우리나라만의 문제겠는가. 세상은 빠르게 변하는 시대에 맞춰 온라인, 오프라인으로 사람을 만나 정보를 얻고 기회를 잡으라고 말한다. 사람들은 언제부터 더 많이 소유하기 위해 멈추지 못하고 앞만 보기 시작했을까.

과거 사회는 날이 밝으면 일하고 어두워지면 일을 멈춰야 했다. 원하지 않아도 강요된 흐름으로 산 덕분에 쉼이 머무는 삶이 있었다. 하지만 현대 사회는 어떠한가. 밤새 울리는 스마트폰으로 언제든 연락이 돼야 하며 어디서든, 일을 해야 한다. 편리를 위해 만든 물건이 도리어 불편하게 느껴질 때가 있다. 눈 뜨고 잠들 때까지 스마트폰에 잡혀 있어 고독한 시간이 없다. 혹시 모를 방전에 대비해 스마트폰은 가득 충전하지만, 자신은 완전히 충전되지 않은 상태로 하루하루를 버틴다. 자신만의 고요한 시간을 즐기지 못하게 되면서 혼자 있는 시간이 걱정과 두려움으로 다가오게 된 것이다.

독서하다 좋아하는 구절이나 내 마음을 알아주는 문장이 나오면 책에 깊은 시선을 두고 머물게 된다. 머물러 생각하고 바라본다. 나에게 깨달음을 주고 위로를 주는 문장으로 인해 책 한 권에도 수십, 수백 번 눈길이 머문다. 내 인생에도 시간을 내어 눈길을 준다면 그보다 좋은 삶이 있을까. 살아가는 순간순간 혹은 한 시기에 집중적으로 내 삶에 머물러 그동안 살아온 과정을 돌아보는 시간을 가져야 한다. 한없이 쏟아지는 일에서 오는 번아웃과 의무감에 짓눌려 생긴 무기력에 정신과 신체가 잠식되기 전에 말이다. 멈추지 못하면 휴식할 수 없다. 잠시 멈춰 자신에게 맞는 충전 방법을 찾아야 한다.

혼자만의 시간에 무엇을 해야 내면을 채우고 쉼을 얻을 수 있을까. 우선 혼자만의 시간이 즐거워지도록 자신이 좋아하는 일을 시작해야 한다. 취미 생활로 삶의 활력을 찾을 수 있다. 그러나 사람과 일에 부대끼는 삶에서 벗어나 느긋하게 혼자만의 취미를 즐기는 게 쉽지만은 않다. 스마트폰을 무음으로 바꾸고 조용한 상태에서 자신이 좋아하는 일에 시간을 쏟아야 한다. 책 읽는 걸 좋아한다면 평소 호감 있던 작가의 책을 쌓아 두고 작가와 대화한다고 생각하며 독서해도 좋다.

독서는 작가와의 교감이다. 글을 통해 작가의 이야기를 듣고 내 생각을 떠올릴 수 있다. 삶에 지쳤을 때 책 속에서 가만히 나를 안아 살며시 토닥여 주는 문장 하나 만난다면 그것으로 족하다.

만드는 걸 좋아한다면 수공예품을 제작해 보는 건 어떨까? 손으로 무언가 만드는 수공예 작업은 집중력을 높인다. 손 감각을 키우는 데도 도움을 준다. 나는 글을 쓰는 작가이면서 미니어처 공예가로 활동하고 있는데, 손끝으로 온 신경을 쏟다 보면 나만의 세계에 깊이 빠져드는 경험을 하곤 한다. 가구, 음식, 소품 등을 미니어처로 만들 때는 엄청난 몰입으로 시간 가는 줄도 모른다. 바느질, 점토, 라탄, 목공 등 요즘엔 온라인으로 재료 구매가 쉬워졌다. 온라인으로 수업도 가능해 어렵지 않게 다양한 수공예를 체험할 수 있다. 손에 맞는 공예 작업을 찾아 자신만의 세계에 빠져 봤으면 한다. 만드는 물건에는 자신의 정신이 깃든다. 제품의 완성도를 떠나 자기가 직접 만든 제품은 더욱 소중하게 여기게 된다. 완성될 때마다 소소한 행복을 느낄 수 있다. 성취감을 주기 때문이다.

글쓰기도 추천한다. 글쓰기는 머릿속에만 있는 생각을 밖으로 꺼내는 활동이다. 자기 마음을 담담하게 글로 풀어가는 과정은 불안을 잠재운다. 막연한 미래를 글로 쓰다 보면 막막함은 사라지고 앞으로의 날들이 선명해진다. 글은 기록으로 남기에 감정을 바로 전달하는 말과는 다른 매력이 있다. 생각을 정리하며 쓰는 글은 상처받은 마음을 치유한다. 감정을 돌아보는 글쓰기를 통해 자신을 위로할 수 있다.

혼자 하는 여행은 신선한 자극으로 활기를 줄 수 있으니 적극 권유한다. 거창한 여행 계획은 부담을 줄 수 있다. 휴식을 위해 가까운 곳으로 잠시 다녀온다고 생각하면 좋다. 짧은 시간이라도 온전히 나에게 쓴 시간은 자신에게 편안함과 자유로움을 준다. 장소를 정하지 않고 마음 가는 대로 다녀보는 여행은 감각을 깨우는 데 최고다. 낯선 장소에서 예측하지 못한 경험으로 세상을 새롭게 바라보는 눈이 생긴다. 넓은 들판이나 바다, 나무가 우거진 숲을 여행 장소로 삼는다면 자연의 품에 안겨 있는 포근함도 느끼게 된다. 거대한 자연 앞에 인간의 고민은 한낱 먼지와 같다. 자연에 머물면 고민까지 품어주는 웅장함으로 마음이 한결 홀가분해진다. 속상한 마음을 표출하지 못하고 쌓아놓기만 하면 상처의 칼은 결국 자신을 향한다. 자연을 느끼며 혼자만의 시간을 보내다 보면 어느 순간 묵은 감정은 해소된다. 혼자서 여행할 수 있다면 고독을 즐기게 된 것이다. 삶이 외롭고 고단할수록 고독을 마주하는 사람이 되어야 한다.

하루를 온전히 휴식으로 채우는 시간은 어떠한가? 맛있는 음식을 먹으며 평소 보고 싶던 영화를 보는 것으로 근사한 하루가 될 수 있다. 혼자 종일 침대와 한 몸이 되어 맛있는 간식을 먹으며 좋아하는 영화를 보는 상상을 하면, 미소가 절로 지어진다. 아무 일 안 하고 지나가는 하루도 소중하다. 성공하기 위해서 성장하라고 여기저기서 쉴 새 없이 펌프질을 해대지만, 기계가 아닌 이상 매일 생산적인 일만 하며 살 순 없다. 며칠 편히 쉬는 것도 나의 삶에 매우 중요한 일이다. 쓸모없이 보낸 하루라고 자책하지 말고, 하루를 편히 보낸 사실에 만족해야 한다.

혼자만의 시간이 자기 발전의 기회가 될 수도 있다. 공부도, 운동도, 취미도 오로지 혼자 해보길 권한다.

혼자서 일상을 즐길 수 있는 사람은 자기 시간을 언제든 재충전의 시간으로 활용할 수 있는 능력을 갖춘 사람이다. 자기 내면을 돌보는 시간으로 쉼을 얻고 이렇게 얻은 쉼을 통해 자기 일에 더 좋은 성과를 낼 수 있다. 또한 마음이 평온하여 자신의 역량을 펼칠 힘이 가득하다. 혼자 보낸 시간을 통해 성장한 사람은 구태여 자기 계발에 눈을 돌리지 않아도 자연스럽게 결실을 본다. 어디에도 누구에게도 휩쓸리지 않고 자신을 믿고 행동하기에 앞으로가 밝다.

혼자서 시간을 많이 보내다 보면 간혹 자신의 볼품없는 모습만을 상기하며 지독한 자기 검열에 빠진다. 사람은 누구나 게으를 수 있으며 때론 노력한 만큼 성과가 나오지 않아 목표한 것을 이루지 못할 수도 있다. 사람을 사귀면서 상처를 주고받고 그럴 때마다 타인을 미워하기도 한다. 자신의 못난 모습까지 끌어안고 바라봐주며 이해하는 게 혼자만의 시간을 통해 배워야 할 참된 마음가짐이다. 나를 평가하고 판단할 수 있는 사람은 '나'뿐이며 나를 가장 잘 아는 사람도 '나'이다. 나를 높이 평가하고 존중할 수 있는 사람 역시 '나' 자신이라는 걸 잊지 말아야 한다. 혼자만의 시간은 활용하기에 따라 휴식의 시간도, 내면을 돌보는 시간도, 실력을 키우는 시간도 될 수 있다.

우리는 때때로 타인에게 많은 것을 바란다. 이해와 공감을 바라고, 인정과 사랑을 바란다. 그렇지만 타인은 내가 원하는 전부를 만족시켜 주지 않는다. 만족하지 못하는 마음을 품고서 상대에게 바라기만 할 때 외로워진다. 사람은 모두 고독할 수밖에 없는 존재다. 고독한 시간을 견디지 못하고 감당할 수 없을 거라고 생각하지만 자신을 과소평가하지 말아야 한다. 사람을 만나지 않고 외로움을 즐기면서 얼마든지 행복하게 살 수 있다. 혼자 즐기는 시간을 통해 내가 원하는 건 무엇이든 채울 수 있다. 혼자서 무얼 할지 모르겠다고 미루지 말고, 지금 당장 나만의 시간을 만들어야 한다. 나를 위한 소중한 시간을 의식적으로 가지고 끊임없이 나를 돌아보고 대화할 때 혼자만의 시간을 헛되게 보내지 않는다. 누구나 할 수 있다. 우리는 모두 고독한 존재라는 걸 깨닫는다면 타인의 고독도, 나의 고독도 이해하고 인정하게 된다. 이해를 통해 타인을 받아들이면 서로의 고독한 시간을 존중하고 긍정적으로 바라본다. 깊은 고독에 빠져 타인과 자신을 바라본 사람만이 내면이 성숙한 어른다운 어른이 되는 것이다.

혼자만의 시간을 즐기라고 모든 대인관계를 끊고 고립된 생활을 하라는 건 아니다. 타인, 세상과 조화를 이루기 위해 쫓기는 일상을 잠시 멈추고 나를 생각할 시간이 필요하단 뜻이다. 분 단위로 시간을 쪼개 일하며 살아가는 세상이지만 자기와 보내는 시간은 아끼지 말고, 혼자 보낼 수 있는 시간과 공간을 마련해야 한다. 혼자만의 시간이 내게 기쁨과 성장을 가져올 수 있도록. 자신만의 시간을 즐기며 사는 사람은 활력이 넘친다. 자기 내면을 바라보며 자신을 사랑할 줄 안다. 혼자만의 시간을 즐긴다는 건 그런 의미다. 혼자 있는 시간을 어떻게 즐기느냐에 따라 인생은 달라진다.

뭔가 대단한 걸 찾아 할 필요는 없다. 혼자 산책하고 명상하면서 일기를 쓰는 행위들로 마음은 풍족해진다. 혼자서 영화를 보고, 맛있는 음식을 먹고, 독서를 하는 시간으로 나를 만나는 시간은 충분하다. 글을 쓰고 노래를 부르고 휴식을 취하는 시간마다 혼자 즐기는 자유가 기다린다. 타인에게 기대하지 않고 평가를

원하지 않고 세상에 얽매이지 않고 나를 바라볼 수 있

는 시간. 지금이 바로 혼자만의 시간을 즐길 시간이다.

제2장

혼자 있는 시간

—

정아름

독일 오후 5시, 자전거 하이킹

다시 독일에 가겠냐고?

아니. 그만하면 됐어.

독일 소도시 바이마르에서 3년 반을 살다 왔다. 말러 교향곡 5번 4악장 아다지에토. 클래식을 모르는 내가 멈춰 서버렸던 음악. 내게 독일은 말러의 음악과 영화 '베니스에서의 죽음' 같았다. 우울하지만 아름답고, 흐릿하지만 따뜻한 곳. 사람들도 풍경도 꿈 같았던 기억들. 그런데 다시 가서 살고 싶냐는 사람들의 말에 나는 '아니'라고 말한다.

외로움은 어디에나 있다. 그나마 한국에서 외로움은 견딜 만하다. 저녁 무렵 어디선가 밀려오는 압력밥솥의 딸랑이 소리와 큼큼한 된장국 냄새라든지, 나와 상관없지만 듣게 되는 한국말로 된 사람들의 쓸데없는 대화라든지, 그것도 아니면 낡은 간판을 겨우 이고 있는 가게에서 흘러나오는 육자배기 노래라던지. 그런데 독일은 그렇지 않았다. 인간 본연의 외로움이 사무치는 곳이라 누구도 피해갈 수가 없는 곳. 철저하게 사람을 혼자로 남겨두는 곳. 그곳에서 자신을 찾기 전까지는 나올 수 없는 곳. 그곳이 독일이었다.

독일 날씨는 종일 흐리거나 궂은비가 오거나 할 때가 많았다. 어떤 날은 번개가 수십 번 치고 폭우가 내리기도 했다. 날은 쉽게 개지 않았다. 그 덕에 아주 단 초콜릿이나 과자를 입에 물고 있었다. 그렇다고 해서 그 우울함이 속 시원하게 가시진 않았지만 할 수 있는 것은 뭐든 해봐야 하는 거니까. 대학교 때 좋아하던 책 중의 하나가 전혜린의 「그리고 아무 말도 하지 않았다」였는데, 그 가라앉은 독일의 분위기나 서늘한 느낌이 좋아서 몇 번을 읽었다. 그런데 내가 독일에 가서 그녀처럼 거리를 헤매고 있을 줄이야. 막상 느껴보니 독일에서의 혼자는 너무 깊숙하다. 마치 존재 자체를 흔들어버린 듯 머릿속은 혼돈이다.

어떻게든 견뎌내야겠지만 새벽마다 나락에 선다. 가시지 않을 것 같은 시꺼먼 어둠은 두렵다. 아무리 발버둥을 쳐도 '너는 혼자' 일 뿐이라고. 밤은 생각보다 진하고 더디다. 집 안을 맴돌며 일주일 동안 집에만 처박혀 글만 쓰고 나가지 않은 적이 있었다. 우울이 바닥을 쳐도 그땐 문을 열고 밖으로 나가는 것이 그렇게도 어려웠다. 혼자에 묻혀 쓰러지고, 다시 일어나 문고리를 잡았지만, 다시 넘어졌다.

그러다 한국에 돌아가기 4개월 전, 무전여행을 떠났다. 생각지도 않았던 자전거 하이킹. 독일 튀링겐주 바이마르에서 뮬하우젠까지 7박 8일. 달리다 보니, 자전거 174km, 기차 102km. 알았다면 감히, 출발하지 못했을 자전거 캠핑 여행.

독일에서의 마지막 여행을 앞두고 우리의 주머니는 완전히 비어있었다. 통장의 잔고는 다 어디로 간 걸까? 혹시나 해서 책 사이사이를 헤집는다. 어디에 무엇도 없다. 텅텅 빈 두 손바닥밖에. 남은 것은 달랑 감자 한 포대. 그리고 정성으로 모은 커피 그라인더나 찻잔 같은 앤티크. 남편이 손수 잘라 준 나의 커트 머리가 전부였다. 이제 시작된 남편의 공부는 언제 끝날지 모르는 상황. 안타깝게도 내 독일어는 그곳에서 설거지도 할 수 있는 수준이 아니었다. 선택지는 없었다.

돌아간다고 생각하자 아득해 왔다. 3년여 독일의 시간은 가짜 같았다.

남은 쌀과 감자를 배낭에 넣고, 텐트와 침낭과 냄비를 짊어졌다. 자전거 페달을 밟았다. 이왕 이렇게 된 거 독일 이곳저곳으로 자전거를 타고 달리고 싶었다. 독일을 떠나기 전에 우리가 미처 알지 못했던 독일을 더 만나보고 싶었다. 시작은 좋았다. 자전거로 작은 도시들을 다니며 느리게 여행했다. 자전거 페달을 굴린다. 독일의 집과 정원, 거리와 광장을 만난다. "할로, 할로." 눈이 살짝만 마주쳐도 건네는 독일 사람들의 인사와 따뜻한 미소.

앞서 나가는 남편의 자전거를 따라 독일의 숲과 시내를 지났다. 밀밭이 일렁이고 세상에는 자전거와 나 둘뿐이었다. 아, 바깥이란 이런 곳이구나. 방구석을 나와 만나는 세상. 햇살은 눈에 부셨고, 공기는 청량했다. 걷는 바람과 자전거의 바람은 달라서 페달을 굴릴 때마다 머리가 날리는 기분은 꽤 괜찮았다. 계속 그 기분을 느끼고 싶어서 페달을 굴리고 또 굴렸다. 넘어져 다치기도 하고 밤이 늦어 겨우 텐트를 치고 자기도 했지만, 거기까지는 내가 예상한 자전거 여행다운 여행이었다.

독일에서 자전거와 함께 캠핑도 시작됐다. 캠핑이 시작되고 2~3일은 제대로 잠을 자지 못했다. 이튿날, 나는 '이건 아니다.' 생각했다. 그러나 집까지 다시 돌아가는데도 꼬박 이틀이 걸린다고 생각하니 그것도 자신이 없었다. 알지도 못하는 독일 이 마을에서 저 마을로 캠핑을 하며 나는 목줄 매인 강아지처럼 겨우 따라다녔다. 본능이 이끄는 대로 달리고 먹고, 지고 일어나 또 달렸다. 거대한 밀밭 구석에서 잠을 자며 짜파게티를 끓여 먹고, 길거리의 체리를 입가에 붉은 물이 흐르도록 먹었다. 냇가나 호수가 나오면 그제야 몸을 씻고, 숲이 나오면 텐트를 치고 쓰러져 잤다.

그런데 이틀, 삼일 캠핑이 계속되면서 좀 다른 생각이 들었다. 이렇게 고생스러운 캠핑을 구구절절 읊고 다니는 나 자신이 싫어진 것이다. 텐트를 펴고 정리하고, 요리하고 설거지를 하며 깨달았다. 지금까지 나는 시작도 전에 뭐든 포기하려고 했다는 걸. 조금만 힘들어도 나랑 맞지 않는다고 피했던걸. 이렇게 근성 없는 것을 승부욕이 없다는 말로 포장해 온 것이었다. 그래서 나는 조금 더 가보기로 했다. 내 밑바닥을 한번 보고 싶었다. 그 깊숙한 곳에 무엇이 있는지 궁금했다.

밤이 되었다. 곁에서는 남편과 아이의 숨소리가, 텐트 밖에서는 알 수 없는 짐승의 소리가 들렸다. 돌들이 등을 찌르는 땅바닥에 누워 새벽이 되도록 텐트 천장을 쳐다봤다.

‘지금 나는 뭘 하는 걸까?’

‘이런 고생을 여행이라고 하고 있을까?’

‘내일은 집에 돌아가자고 할까?’

밤새 고민했던 수많은 날이 지났다. 캠핑 일주일이 지나고, 나는 적응했다. 거친 캠핑과 자전거 하이킹 속에서 나는 다른 인간이 되어가고 있었다. 자전거를 타는 하루 일정이 너무 고단해 텐트에 눕기만 해도 잠이 쏟아지고, 맨땅에 자는 것도 아무렇지 않게 된 나. 그리고 텐트 문을 열면 처음 만나는 살아있는 자연. 숨쉬는 공기, 부서지는 아침 햇살, 그리고 끝없는 독일의 흐드러진 꽃들.

그러다 하이킹 6일째, 오후 5시. 오르막을 만났다. 경사가 심하지 않아 마음을 놓게 되지만 끝을 알 수 없는 오르막이었다. 느지막한 오르막이 시작되었고, 해가 지도록 끝이 나지 않았다. 배는 고프고 다리는 아팠다. 자전거를 끌고 오르며 수만 가지 생각이 떠올랐다가 다시 가라앉았다. 기억의 끝을 더듬으니 독일에 오기 전과 독일에 온 나가 보였다. 저 멀리 앞서가는 남편이 보였다. 세 살 아이는 축 처진 채로 뒷자리에서 졸고 있었다. 자전거에 몸을 의지하기엔 자전거도 버틸 힘이 없어 보였다. 풀린 내 다리는 취한 듯 흔들렸다. 독일에 오기 전 아등바등 무엇을 위해 살아왔지만, 그저 그렇게 남들 눈치만 보며 생을 버텼던 나. 생각지 못한 독일행이었지만, 새로운 세상에서 한번 살아 보고 싶어 설레며 이 땅에 도착했던 나. 그리고 독일에서 무엇 하나 열심히 해 보지 않은 나. 스스로 이방인을 자처하며 문밖으로 나가지 않은 나가 떠오른다. 해가 지는 밀밭 곁, 자전거를 끌며 오르막을 가까스로 오른다.

“아, 씨! 못 가. 못 간다고.”

몸 밖으로 시꺼먼 악을 토해낸다. 여기저기 흩어진 악의 덩어리가 꿈틀거린다. 자전거를 내팽개쳤다. 털썩 주저앉았다. 언제까지 가야 이 길이 끝나는 것일까. 운다. 남편의 자전거가 멈춘다. 그들은 길바닥에서 자전거를 팽개치고 울고 있는 나를 본다. 나는 추하다. 그러나 눈물을 닦을 힘이 없다.

해가 진다. 우리는 날이 어둡기 전에 텐트 칠 곳을 찾아야 한다. 네 살 아이가 다가와 어깨를 토닥인다.

“엄마, 힘들면 쉬어가자.”

아이의 작은 손이 어깨 위에 있다. 빌려 온 자전거는 어느새 낡아 버린 듯하다. 낡은 자전거 위에 얹어 놓은 울음이 끝없이 새어 나온다. 나는 왜 울까. 아이에게 미안해서일까. 아니면 그동안 쌓였던 고생들이 흘러나오는 것일까. 소리가 잦아들고 눈물도 마를 때쯤 말라비틀어진 내가 보인다. 그동안 나는 '가여운 나'를 여태 껴안으며 온 힘을 다해 지켜왔다. 아닌 척하며 욕심내고, 괜찮은 척하며 미워했다. 세상의 중심이 나여서 모든 사람이 나를 향해 있어 주길 바랐다. 겸손한 미소로 누군가를 판단했다. 마음에 들지 않는 누군가의 단점을 기어코 찾아내 싫어할 이유를 만들었다. 아이를 핑계로 무거운 짐들을 남편에게 지웠고, 독일에서 섞이지 못하는 이유는 이곳의 날씨 때문이라며 황당한 소리만 지껄였다. 자전거를 타다 낯선 땅, 오르막에 주저앉았고, 눈물로 벗겨진 곳에 '가련한 나'는 없었다. 지겨운 허상. 일그러진 껍데기. 마르고 뒤틀린 나는 보기 힘들 정도로 흉측했다. 보잘 것이 무엇이 있 나. 헛된 자존심만 내세우며 귀를 막고 벽을 쳤던 시간 이 주춤주춤 지나갔다.

저만치 떨어져 앉은 남편이 나뭇가지로 땅바닥에 뭔가를 쓰고 있다. 마치 죄인처럼 고개를 숙인 채 나를 기다리고 있다. 언제까지도 기다릴 사람처럼 조용히. 자전거를 타는 혼자의 시간, 오르막에 멈춰 선 시간. 나는 나와 마주한다. 사람들의 눈치와 시선으로 만들 어진 어그러진 모습이 아니라, 인간 본연의 나를 똑바 로 응시한다. 찢기고 무너졌지만 그나마 부스러기 한 움큼으로 남아있는 나. 다행히 다 사라지진 않은 나. 가루들은 다시 알맹이가 될 수 있을까. 일어난다. 아이 의 손을 잡고 남편의 자전거에 태운다. 내팽개쳤던 내 자전거를 일으켜 세운다. 남은 눈물을 훔치고 눈을 비빈다. 자전거 페달을 돌린다. 해가 저무는 언덕에는 세 사람의 실루엣이 어른거렸다. 차갑지도 뜨겁지도 않은 선선한 저녁 바람이 불어왔다.

독일은 다시 가지 않아도 된다. '거기서 찾은 나'는 지금 여기, 혼자서도 잘 지내고 있으니까. 그런데 거기서 찾은 내 알맹이들은 얼마큼 단단해졌을까. 이제는 거짓 없이 나 자신도 남도 대할 줄 아는 사람이 되어있는 걸까.

시댁 오전 9시, 명절은 혼자서

오전 9시. 바쁘게 명절을 보낸다. 피하고 싶지만, 한국의 며느리에겐 일 년 중 가장 큰 행사 치레. 설날보다는 차라리 가을인 추석이 낫다. 장을 보거나 은행에 간다는 뻔한 핑계로 시댁을 빠져나와 어쩌면 선선한 가을날을 산책할 수도 있으니까.

명절마다 나는 혼자다. 스무 명 가까운 시댁의 틈바구니에서 유일한 이방인이니까. 이방인을 자처한 결과이기도 하지만, 낯선 누군가와 가족이 된다는 것은 약간의 노력으로는 어림도 없다는 걸 예전엔 몰랐다. 첫 추석을 맞이했을 때, 나는 남편에게 큰소리를 칠 정도로 자신했다. '딸 같은 며느리'는 가능하다고 믿었던 어린 서른이었다. 한참 잘못된 생각이라는 것은 시댁에 가자마자 알았다. 어른들의 의례적인 "많이 먹어라."라는 말과 기어들어 가는 목소리로 "네."라는 나의 대답 이외에 우리 사이 대화는 더 없다는 걸. 사실, 우리는 서로가 그렇게 궁금하지 않다.

끝없이 밀려드는 설거지 앞에서 생각했다. 이 무리 속에서 어쩌면 영영 혼자겠구나. 그래도 시간이 지나면 이 가족의 일부가 되어 함께 어울려 있지 않을까? 희망도 잠시 품어 봤지만, 이곳에서 15년째 나는 혼자다. 그리고 그 시간이 무색하게도 아직도 잘 모르는 사이가 맞다. 어떤 날은 열심히 대화에 귀 기울이다 조심

스레 대화에 끼어들어 보려 하지만 쉽지 않다. 이곳에 섞일 수 있었으면 하는 마음으로 용기를 내보기도 한다. 짧은 말들은 어느새 눈 녹듯 사라져 버리고 말지만, 그곳의 과거들은 다시 돌고 돈다.

"그 시골 살 때 그 고추밭 말이야. 팔았대?"

"옛날 집 감나무가 진짜 컸는데 잘라버려서 너무 아까워."

전혀 내가 알 수 없는 고추밭과 감나무는 명절마다 어김없이 반복된다. 나는 어떻게든 고추밭과 감나무과 옛집을 상상해보지만, 감나무 둥지를 그리다 하얗게 사라져 버린다. 매년 되새김질 되는 과거 회상은 가족이라는 공동체를 끈끈하게 묶은 채, 나를 뒤로뒤로 썰물처럼 밀려 나가게 한다.

세상 밖의 나는 사과를 깎는다. 사과를 잘 깎던 엄마를 떠올린다. 물론 엄마는 사과 깎는 것, 무 써는 것, 요

102

리하는 것까지 집안일이라면 그 무엇도 못 하는 게 없었다. 이상하게도 엄마는 수다나 잔소리가 많은 여느 엄마들과 달리 말이 없었다. 나는 그런 엄마가 좋았다. 엄마는 지킬 수 있는 약속만 했고, 꼭 필요한 말만 했다. 아침에 늦잠을 자서 나를 깨울 때도 "학교 늦겠다. 밥도 못 먹겠다."라는 말을 혼자 이야기하듯 했다. 그런 엄마의 목소리가 노랑 말랑 부드러워 더 잠속으로 들어갔다. 엄마는 내가 읽은 소설을 이야기로 들을 때 좋아했다. 그래서 엄마는 통영에서 굴을 까서, 또 조선소에서 일해서 항상 내게 책을 사주었다. 엄마의 살을 깎아 산 책들이 차곡차곡 방에 쌓여갔다. 엄마가 사주었던 책들은 엄마의 피 묻은 젊음이었다. 그런데 그 피 묻은 책들을 그때 더 간절히 여겼더라면 나는 더 좋은 사람이 되었을까. 더 좋은 글을 쓸 수 있지 않았을까.

해지는 저녁, 집으로 올라가는 언덕 계단에 엄마와

앉아 어두워지는 바다를 말없이 보았다. 나는 엄마에게 읽은 책 이야기를 들려주었다. 토성고개에 있는 개미서점 헌책방에서 산 중국 소설이었는데 한 여자가 사랑하는 남자를 떠나 새로운 곳으로 가는 고생스러운 여정이었다.

"엄마, 그 여자는 정말 그 남자를 사랑했던 걸까?" 엄마는 내 말을 듣고 한참 동안 말이 없더니 "내 말 듣고 있어? 엄마?"라는 말에 "글쎄" 단 두 글자만 느리게 뱉어냈다. '글쎄'라는 엄마의 아련한 목소리에 퍼뜩 정신이 들었다. 그러다 보니 신기하게도 어느새 사과를 가지런히 다 깎아 놓았다. 이번에는 사과 옆에 배를 깎았다. 남편과 아주버님들은 "이야, 사과가 진짜 달다."라며 여름 더위와 가을 농사의 연관성에 관해 이야기를 하고 있었다.

배를 깎으며 나는 이번에는 명절이 끝나고 하고 싶

은 일들을 떠올렸다. 하늘거리는 가을 원피스를 입고 시내를 산책하다 맛있는 커피를 마시고 싶었다. 쓰지 않고 부드러운 라떼 한 잔과 바스크 치즈케이크를 한 입. 아니, 가벼운 산책이 아니라 남산도 좋았고, 조금 더 힘을 낸다면 관악산도 괜찮았다. 그러다 산이라면 아이들이 '으악 으악' 소리를 질러댈 것을 생각하니 나도 모르게 배를 깎다가 "으~" 하는 작은 진동이 섞인 신음과 함께 머리를 흔들고 말았다. 잠시 거실의 세상이 조용해졌다. 사람들이 나를 쳐다보았다.

나는 가지런하고 얌전한 미소를 띠고, 아무렇지 않게 과도로 배의 옆구리를 폭 찔렀다. 배의 단물이 손을 타고 흘러내렸다. 남은 배의 껍질들은 곱게 말려 내려간다. '명절 끝에는 찐 휴식이지.'라는 생각에 차라리 영화를 보는 게 나겠다 싶었다. 예술영화를 한 편 보고 영화관 앞에 있는 메밀국숫집에서 시원한 메밀국수를 먹을 생각을 하니 벌써 미소가 지어졌다. 그 사이 배까지 깎아 가지런히 정렬되었다. 시원하고 아삭한 배를 한 입을 베어 물었다. 정말 달았다. 여름 더위와 가을 농사는 큰 연관성을 가진 것이 맞다. "배가 너무 달아요."라는 내 말에 "그치? 갈 때 좀 가져가."라고 작은형님이 답했다. 사람들도 웃고 나도 웃었다. 모두에게 평화로운 명절 오후였다.

그러나 이런 생각과 저런 생각이 지나가다 보면 근원적인 질문에 다다르기도 했다. 시댁과 나. 다른 세월을 30년 넘게 살아온 우리가 만나 섞이기 위해서는 딱 그만큼의 시간이 필요한 걸까. 아니면 30년까지는 아니더라도 그 가까운 시간이 흘러야 그때쯤 내가 생각하는 가족 같은 관계가 되어있으려나. 그것도 아니라면 우리는 영원히 가족 같은 건 할 수 없는 걸까.

그래서 명절마다 나는 '이중사고자'가 되고 말았다.

그냥 '딴생각'이라고 하기엔 너무 깊고 아득한 '이중사고자'. 나는 음식을 만들고 먹고 치우면서 나의 세계를 떠다닌다. 생각들은 가까이 멀리 또는 여러 세계를 머물다 다시 이동한다.

고향을 그리며 과거를 헤매는 이곳의 사람들과 나는 똑같은 사고를 공유할 수 없지만 나는 이해한다. 그것은 어디나 마찬가지니까. 나의 남편도, 남동생의 아내도, 명절마다 우리 아버지의 인생 역사를 무한 반복하며 듣고 있지만, 그 속에 들어갈 수 없는 것처럼. 그 시간 안에 존재했던 사람들만이 그 회상의 순간에 진심으로 함께 할 수 있는 걸까. 그렇다면 우리의 간극은 당연히 머나먼 우주일 수밖에. 나는 명절마다 이곳에서 여태 그 가질 수 없는 권리를 너무 쉽게 탐냈는지도 모르겠다. 낯선 누군가가 우연히 만나 하나의 가족이 된다는 것은 생각보다 쉬운 일은 아니니까. 아니면 나

라는 존재를 시댁의 한 가운데 화려하게 공유하지 못
해 샘이 났었는지도 모르겠다.

어쩌면 우리에게는 앞으로 더 많은 시간이 필요할
지 모른다. 기다림의 시간은 생각보다 더 길 것이다.
대신 지금처럼 나는 설거지를 하다 과일을 깎다가 잠
시 나의 세상으로 들어갔다 나왔다 할 생각이다. 깊이
잠수했다 물 밖으로 나와, 참았던 숨을 뿜는 고래처럼
그렇게. 깊은 물 속에는 잊어버렸던 나의 촉촉한 과거
와 말랑한 내일이 있고, 물 밖에는 알게 모르게 가족이
되고 가고 있는 사람들이 있을 것이다. 다행히도 '이중
사고' 덕에 이 혼자만의 명절은 그런대로 지낼 만하다.

영화관 오후 3시, 열 살의 나는

"우리, 영화 볼까?"

비가 그치고 습습한 여름 오후, 하교하는 열 살 아이의 책가방을 들쳐메고 영화를 보러 간다. 엘리베이터에서부터 풍기는 팝콘 냄새에 허기가 진다. 아까 점심을 뭘 먹었더라? 혼밥의 메뉴들은 이상하게도 잘 떠오르지 않는다. 혼밥에는 식욕보단 외로움이 더 커서일까.

왁자지껄한 영화관 로비를 지나 7층 5관으로 향한다. 오후 3시 10분. 어른들은 회사에, 아이들은 학원에 가 있을 보편적인 시간. 아이와 나는 팝콘에 코를 묻고 영화관에 있다. 오후의 영화관에서는 오랫동안 비어 있던 시골집의 냄새가 난다. 창문도 빛도 없는 닫힌 공간. 어울리지 않은 고소한 팝콘 냄새가 구석진 큼큼함과 뒤섞여 퍼진다. 영화관에는 부모와 아이는 단둘. 혼자 온 여성 한 분과 커플 두 팀. 푹신한 빨간 의자에 앉아 시작되지 않은 화면을 응시한다. 지루한 예고편들은 반복되다가, 은근했던 조명은 일시에 꺼진다. 준비되지 않은 심장이 덜컥. 호흡이 멈춘다. 예고된 어둠, 컴컴한 영화관에는 숨소리조차 들리지 않는다. 나는 아이의 손을 꽉 잡고, 각자의 세계로 떨어진다.

오늘의 영화는 사랑의 하츄핑. 초등학교 여자친구들이 좋아하는 캐릭터 시리즈물의 극장판이다. 어찌

나 아이들이 애정하는지, 우리 집 열 살 남자아이에게
도 남몰래 사랑받고 있는 캐릭터이기도 하다. 그런데
최근 이 만화를 보고 어른들이 엉엉 울었다는 관람평
이 난무했다. 아니, 왜. 도대체. 호기심과 의심이 반반.
그런데 영화가 시작되고 '잘못 왔구나!' 싶었다. 아이
돌 외모의 공주님은 드레스를 입고 빙그르르 돈다. 게
다가 온갖 화려한 핑크와 핑크들. 공주님은 요술봉을
뾰로롱 휘두른다. 아, 영화 끝날 때까지 어떻게 앉아있
지? 차라리 잠을 자는 게 나을 수도 있겠다. 동시에, 왜
사람들이 이걸 보고 울었다는 거지? 관람평에 속았다
는 강한 느낌이 온다. 나이가 들면 쓸데없는 눈물이 많
아진다지만, 요술봉 흔드는 만화를 보며 어른들이 울
었다는 것은 좀 아니지 않나. 눈물이라는 것이 쥐어짜
서 되는 것도 아니고, 진심이 통하지 않으면 안 되는
일이니까.

노래가 흘러나왔다. 소중한 너를 만나기 위해 이렇게 기다리고 달려왔다는 가사. 내 마음을 받아달라는 뻔한 스토리. 예상치 못한 일이 일어났다. 마법에 걸린 것처럼 내가 울고 있는 것이었다. 그것도 눈물 몇 방울이 흐르는 것이 아니라, 민망할 정도로 눈물이 줄줄 흘렀다.

"엄마, 왜 우는 거야?"

아이의 말에 나는 화장지로 눈을 틀어막았다. 분간 안 되는 사태에 정신을 차리려고 했다. 하츄핑의 기습적인 공격이라니. 그리고 주인공이 노래할 때마다 눈물은 또르르. 나는 왜 울고 있을까? 멜로디도 괜찮고, 노래는 매끄러웠다. 하지만 단순히 만화의 노래가 좋아서? 가사가 마음에 들어서? 그런데 상식적으로 어떤 어른이 애들 만화를 보다가 이렇게 운단 말인가.

그리고 떠오르고 말았다. 눈물의 근원. 아, 완전히 잇고 있었던 '열 살의 나'. 작고 귀엽고 소중했던, 쓸데없이 빛나던 것들.

어린 나는 영화관에 앉아있다. '열 살의 나'는 공주님을 보며 눈을 반짝인다. 때 묻은 티셔츠 한끝을 잡고 부러움을 넘어 행복해한다. 알지 못하는 노래를 허밍으로 따라 부른다.

초등학교 3학년. 시골 학교는 한 학년에 1반과 2반밖에 없었다. 학교에 걸어가려면 30분도 더 걸리곤 했다. 시골집 뒤에는 지붕을 덮는 큰 무화과나무가 있었고. 무화과가 익어 입을 벌리면 아빠는 나무 위로 올라갔다. 떼구루루. 툭. 무화과가 떨어져 지붕을 타고 내려온다. 어렴풋하게 추억들은 나열되다 기억은 선명하게 소환된다. 종일 뛰어놀았던 골목, 퇴근하는 엄마를 기다리며 쪼그려 앉아있었던 버스정류장, 하늘 높이 빨랫줄이 쳐 있던 마당, 그 마당 구석에 피어있던 빨갛고 노란 채송화. 영화 속 노래는 열 살의 이야기들로 나를 뒤덮어버렸다. 완전히 소멸되어 사라진 조각들이 떠올랐다.

열 살의 나는 학교가 끝나면 집 근처 바다를 오후 내내 배회했다. 바닷길을 따라 하염없이 걸었다. 바다를 보고 있으면 노래를 부르고 싶어졌다. 그때마다 바닷바람이 불어왔다. 파도에 노래가 섞였다. 음이 맞지 않고 박자가 어긋난 노래도 바다는 용서했다. 바다는 무료한 시간을 보내기에 적절한 곳이었다. 오후의 빛에 영롱하게 반짝이는 조개껍데기를 주워 손바닥에 올려놓는다. 씨앗만큼 작은 조개껍데기들을 주우려면 안간힘을 써야 한다. 그렇게 겨우 손에 집힌 조개껍데기들을 모아 바위 위에 진열한다. 소중한 하츄핑처럼.

지루해지면 플라스틱 쓰레기들을 뒤집고 다니며 쓸

만한 놀잇감들을 찾는다. 주로 맥주나 소주의 병뚜껑
들이었는데 아빠가 망치로 납작하게 만들어주면 딱지
놀이를 할 수 있었다. 나중에는 병뚜껑 백 개를 모았는
데 어찌나 벅차고 자랑스럽던지 그날 밤늦도록 동생
과 병뚜껑을 세고 또 세었다. 배가 고프면 싱싱한 바다
를 먹는다. 바위에 붙은 굴을 먹거나 고동을 주워 집으
로 가져가 삶아 먹었다. 열 살의 나는 다른 세상도 나
의 세상과 같은 줄 알았다. 사람들이 사는 곳들은 이렇
게 쓰레기가 밀려온 바다가 있고, 햇볕에 새까맣게 그
을린 목에 땟국물이 흐르는 아이들이 사는 그런 세상.
그동안 나도 모르게 열 살의 기억을 외면했을까. 이따
금 떠올린 조각난 기억들은 목에 걸린 유리처럼 따끔
거렸다. 열 살의 작은 나는 종일 버스정류장에 쪼그리
고 앉아 엄마를 기다리거나, 바다를 휘휘 돌아다니거
나, 배가 고프면 침을 삼키거나 했으니까. 하루는 길었

고, 내일이 기대되진 않는 오늘과 오늘. 그러다 보니 소중했던 것들까지 다 별 볼 일 없는 것들이 되어 기억 속에서 지워졌을까. 하이얀 조개껍데기와 백 개의 병뚜껑들. 바닷길과 희미한 바람. 구멍 난 노래. 버스정류장에서 내리던 엄마와 무화과를 따 주던 아빠까지도.

그 시절 나는, 누군가를 기다리고 그리워했다. 따끔하고 아렸지만, 내게 세상과 사람들은 전부였다. 믿는 데 이유는 없었고, 모든 것에 꾸밈이 없었다. 그러나 시간이 지나면서 생각했던 것들은 깨져버렸다. 어른의 삶은 녹록지 않았다. 너를 향한 마음으로 가득해 손해 보는 것은 좋은 선택이 아니었다. 어디서도 순수는 불필요했다. 경쟁과 이익을 위해서는 쓸데없는 잿더미일 뿐. 그리고 영화관에서 다시 만난 순수는 모든 것을 순식간에 덮어버렸다. 나는 무너졌다. 손끝에 닿은

눈송이처럼 녹아내렸다.

영화관에 불이 켜졌다. 엔딩 크레디트과 함께 다시 흘러나오는 노래. 손잡은 아이가 나를 바라봤다. 마주한 눈부신 너의 순수. 영화를 보는 나는 혼자였다. 그래서 좋았다. 다 큰 어른이 애니메이션을 보면서 눈물 콧물을 닦아내며 울어도 괜찮은 곳이 영화관이어서 좋았다. 아무 말 없이 오롯한 소중한 나의 열 살을 끌어안을 수 있어 좋았다. 아프고 상처받더라도 사랑하는 사람을 위해서라면 어디든 떠나겠다는 너를 만날 수 있어 기뻤다.

알 수 없는 표정을 짓는 열 살의 아이 곁에는 열 살의 '나'가 있었다.

좌도 오후 4시, 너에게 편지를 써

아버지는 나를 들이밀었다. 그곳은 섬이었다.

하루에 한 번 배가 다니는 좌도의 동쪽 마을.

육지와 완전히 단절된 곳, 나는 조난당한 여행자처럼 고립되었다. 사춘기가 시작되고 내향인과 외향인 사이에서 어리둥절해 있을 시기, 사면이 바다로 갇힌 섬은 그야말로 손발을 묶어버렸다. 부모님과 대화하는 것도 새로운 중학생이라는 세계도 버거웠다. 친구들이 있었지만, 섬의 특성상 학교가 끝나면 배를 타고 '곧바로' 집으로 돌아가야 하는 난감한 상황. 나는 오후 4시가 되면 섬에 홀로 버려졌다. 버려진 나는, 처절했다. 이런 혼자는 평생 다시 하고 싶지 않을 만큼.

섬에도 아이들이 살긴 살았다. 대부분 남자아이들이었는데 우리는 일정한 거리가 늘 있었다. 지금에 와보면 내 생각이지만, 아이들은 육지에서 온 날 경계하는 것처럼 보였다. 그리고 육지에서 온 나도 그곳 아이들과 스스로 다르다 여겼다. 나는 아이들과 어울리다 말았고, 이내 집에 틀어박혔다. 할 일들을 찾아봤지만, 시간은 무료했다. 무엇을 얼마나 열심히 한들 혼자서는 안 된다는 걸 여실히 깨달았다. 그런데 섬으로 이사온 날부터 가족들은 아무렇지 않게 섬사람이 되었다. 엄마는 계획이나 한 듯 텃밭을 가꿨다. "아이고, 벌써

싹이 났네." "잎이 아주 싱싱하니 좋네." 엄마는 나보다 식물들을 볼 때 얼굴이 더 밝았다. 남동생은 아침부터 포구에서 낚시하거나 저녁 늦게까지 뗏목을 만들었다. 가끔 엉성한 나뭇가지 낚싯대로 물고기를 잡아오기도 했는데, 아빠는 굉장히 동생을 칭찬하면서 회를 떠드셨다. 모두가 원만한 섬 생활에서 제외된 건 나였다. 나는 칭찬받을 일도 즐거울 일도 없었다. 그리고 나를 이곳으로 밀어 넣은 아빠는…. 멈춘 시간 속의 사람처럼 종일 책을 읽었다.

아니, 이 사람들은 원래 섬 체질인 거야. 이 섬에서 왜 나만 적응하지 못하는 거야. 머릿속이 복잡했다. 나에게 대꾸해 주는 무언가는 이 섬에 없었다. 섬은 끝에서 끝을 걸어도 20분이 채 되지 않았다. 섬의 끝은 다시 처음이었다. 돌고 도는 허무함. 희망은 없다는 섬뜩함. 어쩔 방법이 없어 집에 있는 책을 뒤적였다. 노트에 말도 안 되는 낙서를 휘갈겼다. 문득 들려오는 파도 소리가 시끄러워 귀를 틀어막았다. 바다를 저주했다. 누가 바다 따위를 좋아하는 거야. 이곳에서 나는 얼마나 더 버틸 수 있을까. 이 섬을 나갈 수는 있는 걸까. 매일 탈출하는 꿈을 꿨다. 달빛이 비치는 검푸른 바다를 맨발로 조심조심 걸어가다 결국 물에 빠져 허우적거리는 악몽.

섬을 나가는 방법은 없었다. 더구나 나는 수영도 못 했다. 육지에 나간들 돈도 머물 곳도 없었지만, 더 중요한 건 용기였다. 울면서 화를 내다 잠들었다. 속에서 무엇인가 몽글거리는데 그걸 토해낼 방법을 몰랐다. 그러다 구원이 나타났다. 열다섯의 봄, 그리고 수학여행. 드디어 잠시라도 바다를 벗어날 수 있게 된 것이다. 육지를 향하는 배에서 나는 간절히 두 손을 모았다.

땅이구나.

이게 진짜 땅이야.

그 세상을 한 발씩 걸었다. 그런데 친구들과 나의 감격은 달랐다. 원래 섬에서 태어나 살고 있었던 친구들은 육지 땅을 밟았다는 것보다는 여행 자체에 대한 감동이 더 컸으니까.

"야! 너, 이름이 뭐야? 어디 중학교야?"

육지의 낯선 소녀가 내게 말을 걸었다. 햇빛이 비쳤다. 그게 5월의 햇빛인지 소녀에게서 나는 빛인지 헷갈렸다. 다른 중학교에서도 수학여행을 왔는데 한참 같이 걷고 있었나 보다. 섬을 벗어났다는 기쁨에 거워

육지 땅 밟기에 미쳐 별생각 없던 나. 너는 그런 나를 따라 걸었던 걸까. 우리는 이름과 주소, 집 전화번호를 교환하고 연락하기로 했다. 소녀가 건네는 종이에 떨리는 손으로 내 이름을 쓰면서 멀미가 날 정도로 속이 울렁거렸다.

섬으로 돌아오고 우리 중학교는 육지의 친구들과 편지를 주고받았다. 육지에 나갔다 오는 아빠에게 예쁜 편지지를 사와 달라고 부탁했다. 아빠와 오랜만에 나눠보는 대화였다. 본 섬의 우체국에 가서 무궁화가 그려져 있는 우표를 샀다. 학교는 한참 편지를 주고받으면서 육지 아이들의 이야기로 한참 즐거웠다. 그런데 시간이 지나고 모두의 편지는 흐물흐물해져 가고, 오직 나와 소녀의 편지만이 남았다.

여전히 나는 편지를 썼다. '은지'는 나와 닮았다. 음악을 들으며 편지 쓰는 것을 좋아했고, 수학은 싫어하고 국어는 좋아했다. 우리는 이유도 없는 눈물 젖은 편지를 보내기도 하고(진짜 편지지에 눈물 자국이 가득했다.) 은지는 섬에서는 도저히 구할 수 없는 연예인 사진을 보내주기도 했는데 나는 매일 그 사진을 보며 은지와 함께 육지에 있는 나를 상상했다. 은지는 멋졌다. 편지 속 은지는 친구가 서운하게 하면 그 자리에서 말을 했다. 우물쭈물하다 후회하고, 기분 나쁘고 마음 상하면 집에 가서 울기나 하는 나와는 달랐다. 나는 은지의 일상에 함께 했다. 마치 두 군데의 중학교에 다니는 것처럼.

오후 4시, 통학선을 탄다. 스쿨버스가 아니라, 스쿨 십. 집으로 가는 배에서 은지에게 편지를 쓴다. 집에 도착하면 은지의 편지가 와 있을까? 아냐, 우체부 아저씨와 부두에서 운명적으로 만나 은지의 편지를 건네받는 상상을 한다. 나는 온종일 편지에 어떤 내용을 쓸지 고민했다. 바다가 보이는 학교 2층. 오후 햇빛에 반짝이는 바다의 윤슬을 편지에 담고 싶은데 생각처럼 되지 않아 얼굴을 찌푸린다. 아름다움을 글로 전한다는 건 참 어려운 일이다.

"엄마, 엄마, 편지 왔어?"

집으로 달려가 현관문을 열며 늘 내뱉던 말. 그러다 은지의 소포를 받은 것은 크리스마스가 가까운 12월 중순이었다. 아주 천천히 떨리는 손으로 소포를 뜯었다. 무슨 폭발물이라도 든 양 그렇게. 누런 소포 종이에서 카세트테이프가 툭 떨어졌다. '크리스마스 캐럴'이었다. 나는 조심히 테이프를 카세트에 넣었다. 딸깍. 그리고 처음으로 영어로 된 노래를 들었다. 햄버거나 피자 같은 것은 텔레비전에서만 본 게 다인 것처럼 처음 맛보는 목소리. 무슨 말인지 하나도 알아들을 수 없지만, 머리끝이 곤두서는 느낌. 아마 피자나 햄버거도 그런 맛이려나. 나는 몇 번이고 노래를 반복해 들으면서 처음으로 섬에서 쓸쓸하지 않은 크리스마스의 밤을 보냈다. 노래를 들으면서 편지를 쓰니 나도 모르게 웃음이 났다. 노래를 듣고 있는 동안은 바다 저편의 은지와 연결되는 것 같았다.

박스 가득 편지가 쌓여갔다. 귓가를 괴롭히던 시끄러운 파도 소리가 들렸다 말았다 했다. 은지에게 쓰는 편지는 결국 나에게 쓰는 일기와 혼동될 만큼 내 이야기가 많았지만, 우리는 서로의 이야기들에 숨죽여 귀 기울였다. 결국 '은지에게'라고 시작했지만, 그 편지는 나에게 쓰는 것이었을까. 끝없는 나와의 대화에 은지는 자신의 이야기처럼 들어주었다. 우리의 기다림은 참 좋았다. 편지 속에서 너와 나는 만났다. 우리는 그 속에 살고 있었다.

오후 4시마다 기다리던 너의 편지. 너를 향해 쓰던 이야기들은 나를 혼자 두지 않았다. 나는 매일 바다를 건너 너를 만났다. 어김없이 오후 4시. 바다를 보며 턱을 괴고 새로 산 흰 샤프를 들었다. 오늘은 너에게 어떤 말을 써야 할지 생각하는 것만으로도 기뻤다. 바다로부터 불어오는 쨍한 여름은 좋았다. 어느 것도 미웠던 열다섯이 지나는지, 나는 조금씩 세상도 사람들도 그럭저럭 지낼 만한 보통 사이가 되어가고 있었다. 4시마다 편지로 내 이야기들이 빠져나왔고, 속의 것들은 바다로 토해졌다. 푸른 물결은 그것을 덮었고 흰 파도는 그것을 멀리 흘려보냈다. 다시는 나와 만나지 못하도록 더 멀고 깊은 바다로 보내버렸다. 그때는 몰랐지만, 알고 보니 바다는 그랬다.

어쩌다 이 섬에 표류하게 되었을까. 살아서 이 섬을

나갈 수 있을까. 기이했다. 편지를 쓰는 동안 만큼은 섬을 나오지 않고도 바다 밖을 떠돌 수 있게 되었으니까. 바다를 걸어 육지에 닿는다. 걸어가다 지나가는 버스를 탄다. 난생처음 나는 은지와 만나 미국 영화에서 보았다. 햄버거를 먹으며 알아듣지 못하는 팝송을 듣는다. 우리는 가사 하나 모르는 노래가 좋다며 눈을 마주치며 키득거린다. 다시 눈을 뜨면 바다의 깊숙한 안쪽. 해는 이미 지고, 파도가 친다. 혼자인데도, 별로이지 않은 보통의 오후.

지리산 아침 7시, 육지를 걷다

드디어 육지.

이삿날을 받았다. 이삿날의 선택은 손 없는 날이 아니라, 어울리지 않은 크리스마스의 늦은 오후였다. 억울했지만, 꿈만 같은 '이사'의 기분은 아니었다. 어느새 지쳐 '육지의 꿈'은 간절하다 못해 꺼진 모닥불처럼 사그라들 때쯤이었으니까. 광란의 춤이라도 추고 싶을 줄 알았지만, 큰 감흥은 없었다. 거기다 겨울답지 않은 따뜻한 바닷바람이 불었다. 전혀 어울리지 않은, 그래도 어림없지. 아무리 포근한 바람이라도 여길 떠날 테니까. 안녕. 이제 너와는 완전한 작별이다.

날씨와 물때를 맞춰 이사할 배가 왔다. 이사차가 아닌 이사 배다. 뗏목 가득 이삿짐이 실렸다. 낡은 짐들은 비현실적으로 많았다. 문이 너덜거리는 자개장롱부터 돌아갔다 말았다 하는 냉장고까지. 이것들은 바다 건너로 무사히 옮겨질 수 있는 걸까. 섬 할머니들은 눈물을 훔치며 "잘 가래이, 잘 가래이." 하며 손을 흔들었다. 바다를 빠져나오는 길은 허무했다. 세상의 가장 느린 시간이 머물렀던 섬은 점점 멀어지고 있다. 우리 가족은 손을 흔들었다. 눈물 묻은 할머니들의 목소리가 파도에 섞인다. 배 안에서 졸음이 쏟아졌다. 뒤는 돌아보지 않았다. 적막한 배 안, 약속이나 한 듯 누구도 말이 없다. 그러다 바라본 바다. 묵묵히 오랜 시간

동안 내 잔인함을 견디며 어쩌면 가장 혼자였던 너.

오랜 시간 달려 도착한 곳은 전라도의 시골 마을이었다. 구례. 이름부터 고개를 갸우뚱하게 했다. '구'로 시작해 '례'로 끝나는 단어라니. 정말 어울리지 않는 조합이었다. 구례. 구래. 그래. 둥글둥글한 이 단어는 촌스러우면서도 구수하고, 따땃했다. 도착한 집 상태는 낡은 이삿짐보다 더했다. 무너지지 않으면 다행이었다. 엄마는 말 대신 조용히 숨을 내쉬었다. 이제부터의 모든 험난한 과정은 엄마의 몫이라는 직감. 엄마는 짐을 들고 쉽게 집 안으로 들어가질 못했다.

집에서는 추잡한 동물의 소리가 났다. 쥐었다. 여러 크기의 다양하고 흉측한. 엄마는 기겁했지만, 나는 크게 동요하지 않았다. 육지에는 그런 집도 있을 수 있지. 나는 육지의 모든 것에게 너그러웠다. 육지는 충분히 그럴만했다.

집 마당에서 보이는 산은 바다만큼 컸다. 아주 커다란 산이 저 멀리 툭 걸쳐 있었는데 '지리산'이라 했다. 바다의 섬들은 늘 둥둥 떠 있는 것만 같아 어디로 흘러갈지 불안했다. 그러나 산은 그렇지 않았다. 든든했다. 흔들림이 없었다. 그 자리에 버티고 있는 산은 미동도 없이 아침마다 나를 맞았다. 산을 보며 기지개를 켰다. 아침에 눈을 떠 산을 보면 육지에 온 맛이 났다. 산은 육지 전체에 깊게 뿌리내려 땅을 받쳐주고 있었다. 그 산이 지그시 내 어깨를 안았다. 이사를 하고 다음 날. 나는 육지를 실컷 걸어보고 싶었다. 바다는 걸을 수 없지만, 여기는 어디든 갈 수 있잖아. '진짜 땅'을 실컷 밟아보고 싶었다. 지쳐 쓰러질 때까지 이 육지를 걷는다 해도.

마을에서 시내로 연결되는 길은 논밭이 끝나질 않았다. 걸었다. 길이 이어지는 곳이라면 끝까지 걸을 참이었다. 섬마을의 밤. 악몽 속에서 물에 빠진 나는 얼마나 허우적대며 물속과 밖을 오르내렸나. 섬에 살면서 수영도 못하는 바보는 그저 바다가 두려웠다. 이제 바다를 걷다 빠지는 악몽 같은 건 없을 것이다. 여긴 단단한 육지니까. 그래도 이따금 꿈은 나를 질투했다. 창문을 여니 다시, 섬. 숨 막히는 바다. 사방이 막힌 땅. 눈앞 섬 옆에는 또 섬, 배, 바다, 갈매기. 아니야. 아니야. 몸을 흔들며 꿈을 깬다. 좌우를 본다. 어둠 속 찬 공기에 정신은 또렷해진다. 안심해도 돼. 여긴 육지니까.

걷다 보니, 마음의 폭풍은 그쳤다. 이유는 알 수 없었다. 세상은 모호하니까. 마음을 들여다보니 바닥에는 우수수 떨어진 오그라든 이파리들이 가득했다. 마음의 날이 개자, 주위 사람들이 보였다. 엄마도, 아빠도, 남동생도 곁에 있었다.

"아따, 그래부렀냐."

"야야, 맞당께." 하는 처음 듣는 '구례'의 말들은 나를 웃게 했다. 구례의 사람들은 이방인인 우리를 아무런 편견 없이 그저 이웃으로 대했다. 인심 좋은 그곳은 고스란히 우릴 받아주었고, 그 덕분에 육지의 생활은 하루하루 맑고 밝았다.

집에서 고등학교로 가는 길은 걸어서 30분. 찻길은 있었지만, 버스는 다니지 않았다. 학교로 향하는 길을 걷는다. 육지의 봄이다. 논을 따라 듬성듬성 진 모들이 푸릇했다. 낯선 시골길. 발걸음이 너무 가벼워져 공중으로 몸이 둥둥 떠오를 것만 같다. 여름에는 보리밭이 일렁였다. 초록들이 몸으로 파고들었다. 까칠하면서도 속살을 간질이는 초록과 초록들은 보며 걸으면 시간이 가는 줄 몰랐다. 혼자서 그렇게 마을과 마을을 다녔다. 걷는 게 이렇게 기분 좋은 일이라니. 나는 둥글둥글 구례가 참 마음에 들었다.

걷기 좋은 날을 따라 끝없이 다닌다. 그렇게 걷다가, 물이 흐르는 곳에서 멈췄다. '섬진강'이었다. 바다와 다른 물. 땅과 땅 사이에 고요하고 아담하게 흐르고 있는 물. 두렵지도 겁을 주지도 않는 바닥이 보이는 얕은 물. 그리고 강 위로 부는 바람은 푸르렀다. 한 시간이고 두 시간이고 강 앞에 있었다. 꽃잎들이 날리고, 물 흐르는 소리는 계속됐다.

구례의 모든 사계는 아름다웠다. 그리고 기대하지도 않았던 크리스마스 새벽. 겨울마저 특별했던 그 날. 온 세상이 은색이 되어버린, 그 속에서 홀로 인간인 나. 흩날리는 것이 아니라 덩어리째 쏟아져 내리는 흰 것을 나는 온몸으로 맞았다. 아, 눈이다. 차가운 눈이 나와 닿아 사라지는 신비. 끝없이 황홀한 풍경은 포근했다. 나는 어쩌면 이것을 간절히 기다려왔던 걸까. 백설의 세계는 눈물이 날 정도로 아름다웠다. 크리스마스 날 아침, 하얗게 변한 지리산을 강아지와 함께 마당에서 바라보며 "지리산, 너 참 잘생겼다."라고 혼잣말을 했다. 나는 태어나서 지금까지 눈을 제대로 본 적이 없었다. 통영은 남쪽이라 거의 눈이 내리지 않아서 겨울마다 겨우 진눈깨비 정도였으니까. 그렇게 평생 낭만 없는 겨울을 보내다 구례에 와서 나는 진짜 겨울을 만난 것이다. 경이롭고 환상적인 육지의 겨울을.

사방팔방 걷다 이제 시외버스를 타고 교외로 나간다. 그곳에는 영화관도 있고 쇼핑몰도 있다. 그때부터는 혼자가 아니다. 주변에는 알 수 없는 누군가가 있다. 삼삼오오 친구들과 떼를 지어 다니며 쓸데없는 이야기만 해도 즐거운 열일곱. 그리고 모두의 틈바구니에서 혼자일 새도 없이 스물이, 스물다섯이 되어버렸다. 아무런 성과 없이 스물일곱이 되고, 구례를 떠난 지 삼 년. 노량진을 서성이다 그날따라 나는 못 견디게 섬진강과 지리산에 가고 싶어졌다. 매캐한 도로의 공기와 눈빛 없는 사람들에 치여 쪼그라들고 작아진 나.

청춘이라곤 사라져 버린 것 같은 스물일곱의 가을. 용산에서 기차를 탔다. 가서 어디에 갈지, 어디에서 밤을 보낼지 아무것도 생각하지 않았다. 전주를 지나 임실, 오수와 곡성을 지난다. 곡성에서 압록을 지나 구례 구역. 기차를 따라 달리는 섬진강이 나온다. 마음이 덜컥거렸다. 왔구나.

아빠가 고향을 그리워하고 매년 다시 찾는 이유가 이해되지 않아 "굳이"라고 몇 번씩 되물었는데 와보니, 알겠다. 흐르는 물과 걸었던 산과 뉘어진 산들을 보니 마음 저 끝에서 아롱거리며 나를 흔드는 이곳. 버스에서 어서 내려 둘러보고 싶은 급한 마음에 초조해졌다. 여전한 감나무들과 알지 못하는 다른 사람들이 사는 나의 옛집. 고등학교 운동장. 인생 처음으로 가봤던 만화 가게. 사지도 않으면서 뻔질나게 드나들었던 편지지와 액세서리를 팔고 있던 문구점. 경찰서 사거리에서 시장 쪽으로 내려갔다. 마침 오일장이었다.

장날이 되면, 학교가 끝나자마자 시장으로 향했다. 한 손에는 종이컵 가득 번데기를 들고서 시장 곳곳을 헤매다 장이 끝날 무렵에야 집으로 돌아가곤 했다. 돼지국밥 냄새에 허기가 졌다. 국밥집으로 들어갔다. 4인용 테이블에 덩그러니 앉았다. 구례를 떠난 동안 나는 너를 계속 생각했다. 그런데 다시 만난 구례는 초연하게 나를 대했다. 서운했다. 나만 그리움이 사무쳐 돼지국밥을 한술 떴다. 부추가 섞인 배추겉절이는 여전했다. 배추겉절이만 두 번을 다시 떴다. 국밥을 다 먹고 나자, 나는 다시 서울로 돌아가고 싶지 않았다.

그러고 보니, 구례에 살면서 한 번도 제대로 지리산에 가본 적이 없다는 걸 깨달았다. 둘레길이나 화엄사

정도의 산기슭만 스쳤지 산을 오른 적은 없었다. 7년 동안 매일 아침 마당에서 감상했던 산. 곁에 있어서 너무 잘 안다고 착각했던 산. 오르지 않았는데도 갔다 온 것 같아서 가볼 생각도 하지 않았던 산. 국밥집에서 나와 지리산에 가보기로 했다. 버스터미널은 여전히 한산하고 쓸쓸했다. 버스를 타고 노고단으로 출발했다. 노고단 정류장에서 정상까지는 도보로 1시간 정도라 오후 일정으로는 적당했다. 노고단 정류장에 내리자, 안개가 깔리기 시작됐다. 안개 때문에 사람들도 나무도 보이지 않았다. 산길만 따라 앞으로 앞으로 나갔다. 안개와 함께 흰 바람이 불었다. 희미했지만 산의 기운은 분명하게 느껴졌다. 물기를 미금은 바람은 몸을 적셨다. 산을 오를수록 큰 산이 나를 감싸 안았다.

빗소리가 들렸다. 소리는 더 거세어졌다. 우산을 가져오지 않았는데, 어디로 피해야 할지 몰랐다. 소리는 점점 더 가까워졌다. 움츠러든 나를 산이 안았다. 그리고 나는 젖지 않았다. 내가 듣고 있는 소리는 거짓인가. 귀를 기울였다. 희미한 안개 아래로 소리의 근원이 고개를 들이밀었다. 물소리. 산길 옆으로 들이치며 쉴 새 없이 쏟아지는 계곡. 계곡 물소리는 쾅쾅 울리는 빗소리처럼 산 아래로 직진했다. 물 앞에 멈춰 서서 산을 보았다. 숨을 들이마신다. 맑은 기운이 몸과 영혼을 휩쓸고 지나간다. 영혼은 계곡을 흐른다. 안개를 따라 헤맨다. 숲과 물 가운데서 다리는 뿌리가 되고 팔은 잎사귀가 된다. 아무도 없다. 나는 혼자, 그대로 산이 되어버렸다. 내게, 육지. 구례였다.

저녁 7시, 판소리 러닝

"또 아파?"

남편의 깊은 한숨. 아픈 건 내 탓이지만 연속된 한숨 소리는 싫다. 적어도 한 달에 한 번은 드러눕는다. 몸무게를 유지하고 있는 비밀이기도 하다. 체하면 머리가 깨질 듯 아프다. 그리고 굶는다. 한 끼, 두 끼 어떤 때는 세 끼. 타이레놀을 먹고 잔다. 일어나면 두통은 온몸을 갉아먹는다. 해외직구로 산 대용량 타이레놀이 점점 줄어든다. 다시 잔다. 저녁인지 밤인지 헷갈리는 시간, 거실로 기어 나와 흰죽을 끓인다. 기어이 살 겠다는 대견한 의지에 나도 놀란다. 흰 죽을 저으면서 다 낫고 나면, 먹고 싶은 음식들을 헤아린다. 떡볶이, 간짜장, 삼겹살. 울렁거리는 속을 안고 생각한다. 또, 뭐가 있더라. 아, 커피. 커피!

아픈 시간 동안 혼자다. 아무도 거들떠보지 않으니 혼자일 수밖에 없다. '또 아픈' 나는 가족들에게도 일상이 되어버렸으니 모두가 날 내버려 두는 것은 당연하다. 모두에게 짐이 되어 침대에 눕는다. 아픈 나를 본다. 닫힌 방에는 세상의 소음들은 사라지고, 병으로 늘어진 육체만 남았다. '하자 있는 인간'이라는 절실한 깨달음이 아리다.

'먹고 아프고'를 반복해왔다. 몸은 견뎌나질 못했다. 남편은 속아서 결혼했다며 아플 때마다 한숨을 쉬며 등을 두드리고 배를 문지른다. 혼자 있는 여러 시간은 사랑스럽지만, 혼자서 오랫동안 아픈 시간은 인제 그만두고 싶다. 우리 사이는 정리할 필요가 있다. 20년 동안 서로를 그렇게 괴롭게 했다면 헤어질 때도 되지 않았나.

"우리 마라톤 나가 볼래?"

"마라톤?"

지난 초여름, 남편의 제안이었다. 아마도 매일같이 아픈 나를 운동시켜 좀 건강하게 만들려는 것이었으리라. 거부감없이 동의했다. 가족끼리 같은 취미 하나 만드는 것도 좋을 것 같아서였다. 마라톤 대회 3개월 전. 온 식구는 저녁마다 달리기 연습을 하기 시작했다. 남편은 연습만 하면 10km도 뛸 수 있다고 말했다. 남편이 쉽게 말을 해서 정말로 그런 줄 알았다. 거만하게

3km를 달렸다가 주저앉았다. "쉽다며?" 소리를 질렀다. 이기적인 사람은 자신이 잘못해 놓고도 소리가 큰 법이다. "'연습을 하면'이라고 했잖아." 남편이 나를 일으켰다. 달랑 3km를 달렸는데 숨이 쉬어지지 않는다. 동네 달리기도 버겁다. 나는 마라톤을 할 수 있을까?

　고등학교 때 점심시간, 운동장에는 늘 축구를 하는 남자아이들이 있었다. 나는 3층 창틀에 서서 생각했다. 저 아이들은 왜 저러고 있을까? 차라리 잠을 자지. 저 더운 땡볕에 땀을 뻘뻘 흘리면서, 혹은 비 오는 날에 비를 다 맞아가며 세상 만족한 얼굴로 공을 차고 있을까. 어느 날, 축구를 하는 이유가 하도 궁금해서 물어봤다. 돌아온 답은 "재밌으니까." 도통 이해가 가지 않았다. '거짓말'이라는 의심은 더해졌다. 달린들 무슨 이득이 있을까. 자신을 혹사하며 운동장을 달리는 게 정상처럼 보이지 않아서 나는 졸업할 때까지 그들의 달리기를 허무하게 관전했다. 그런데 그 넘사벽의 세계에 내가 도전을 하게 된 것이다.

처음으로 시계에서 헬스 앱을 눌러 달리기를 터치했다. 새로운 기기의 기능을 처음으로 하나 써먹는다. 마음을 먹고 운동장 두 바퀴를 연속으로 뛰었는데 이대로 쓰러질 것만 같다. 고등학교 체력장 이후로 이렇게 달려본 적이 있었던가. 출근하는 다음 날, 걸을 때마다 다리가 욱신거린다. 걷는 것도 힘든데, 또 달릴 수 있을까. 그런데 달리기가 나를 끌어당기는 것 같다. 지친 몸을 끌고 그날 저녁 달린다. 이상하게도 없던 오기가 조금 생겼다. 아무 생각 없이 혼자 달려보고 싶은 오기.

한 달이 지났다. 아픈 횟수가 점점 줄기 시작했다. 더구나, 달리면서 기분 좋은 혼자만의 시간을 알게 됐다. 초여름 저녁 바람이 나를 밀었다. 연초록 나뭇잎들이 흔들렸다. 해는 소리 없이 떨어지고 있었다. 나는 운동화 끈을 여미고 여름 공기를 가르며 앞으로 나갔다. 다리에 힘이 들어가자 속도가 붙었고, 귀 안쪽으로 또르르 서늘한 땀이 흘렀다. 팔다리를 흔들며 몸에다 애를 써 보니, 몸속의 내장들이 같이 움직이고 있었다. 온전히 소화되면서 에너지들이 만들어진다. 그것들은 온몸에 전달된다. 처음으로 몸이 편안했다. 이런 게 건강하다는 기분이구나.

달린다. 온갖 생각들이 파고들어 머리를 흔든다. 무의식이든 의식이든 나는 생각이 너무 많다. 그래서 걱정도 많고 불안은 덩어리째이고 사는 사람이다. 그런데 머리가 하얘질 정도로 달리면 그 너덜거리는 감정들이 떨어져 나간다. 작은 슬픔이 발에 채고, 그동안의 허튼 질투들이 볼을 스친다. 당신을 향한 뒤틀린 사랑은 뚝뚝 날아가고, 부러진 허세들은 끝까지 발목을 잡다 흩어진다. 나는 가벼워질 때까지 주먹을 꽉 쥐고 달린다. 또 달린다. 그것들이 다 떨어져 나가 혼자가 될 때까지.

달리기가 몸에 좀 붙자 이제 음악을 들으며 달리고 싶었다. 완벽한 혼자만의 시간은 달리기와 음악이 만날 때라는 기대감이 들었다. 서랍 속에 처박아두었던 무선 이어폰을 꺼내 충전했다. 이어폰 충전 단자의 빨간불은 서서히 파란불로 바뀌었다. 생수 한 병과 이어폰을 들고 운동장으로 갔다. 가벼운 스트레칭으로 몸을 풀고 이어폰을 귀에 꽂았다. 좋아하는 가요부터 유행하는 팝을 들었다. 사람들이 추천하는 재즈와 명성 있는 클래식도 들었다. 그런데 이건 상상의 그 느낌이 아니었다. 영화처럼 환상적인 세상은 펼쳐지지 않았다. 음악과 달리기가 따로 놀거나, 음악을 듣는 건지 달리는 건지 헛갈렸다. 안타깝게도 그 리듬들은 달리기를 방해했다. 음악 때문에 숨은 더 차오르고, 발걸음은 되레 무거워졌다. 이어폰을 빼 버렸다. 귀에 스치는 여름 바람의 느낌이 더 나았다.

그러다 우연히 스친 판소리. 요즘 그런 걸 누가 들어? 트로트도 아닌 판소리라니. 그러나 판소리는 '낡아빠진 옛 노래'라는 생각을 산산이 부숴버린다. 소리꾼 김준수의 춘향가 중 '이별가'가 흘러나온다. 그의 "갈까 부다." 첫 소절에서부터 머리가 부르르 곤두선다. 이름 모를 폐가의 입구에 선 것처럼 묘한 감정. 그러다 썰물 들어오듯 밀려오는 슬픔. 중반부터는 이유도 모를 난데없는 눈물. 그렇게 판소리는 뱃속을 할퀴고 휘젓더니 회오리바람처럼 밖으로 빠져나간다. 놀이기구를 타고 내린 것처럼 무슨 일이 있었나 싶다. 모든 생각은 말끔히 사라지고, 소리의 여운은 길다.

보통의 노래나 영화는 어떤 대목에서 '곧 울겠구나.'

하는 뻔한 느낌이 온다. 그래서 알면서도 그를 위해 그냥 울어주는 경우가 종종 있다. 그런데 판소리는 달랐다. 그 슬픔을 감지하기도 전에 소리는 몸과 정신을 휘몰아친다. 정신 차릴 새 없이 흔들려 버린 감정. 이성이 반응하기 전에 마음이 움직여버린 상태. 그 슬픔의 근원은 비극이지만, 화가 아니라 용서와 체념이 승화한 가슴의 응어리. 이 소리는 나도 모르게 가라앉아 있던 가슴의 '한'들을 다 긁어낸다. 숨이 쉬어지지 않을 정도로 구석으로 나를 몰고 가더니, 그 소리는 벌써 나가버리고 없다.

'심청가'를 듣는다. 심 봉사의 아내는 심청이를 낳고 일주일 만에 죽었다. 심 봉사는 아내를 묻고 돌아와 심청이를 안았다. 눈이 보이질 않는 아비와 어미 없는 갓난아기.

"아이고, 여보. 마누라."

　한 소절만 듣고 나는 무너진다. 심 봉사의 방 안이 보인다. 어둔 방에 밤새 아기가 운다. 심 봉사도 운다. 배고픈 아기는 더 목 놓아 운다. 심 봉사를 아기를 더 듬더듬 안는다. 아기의 배는 점점 홀쭉해지고, 심 봉사도 아기도 울 기력도 없다. 아침이 되기만을 기다리는 새벽. 누가 이들을 도울 수 있을까.

　그동안 나는 심 봉사를 이해했던가. 시대와 멀고 재미없는 '옛것'이라 얕잡아 넘기지 않았던가. 알려고 하지도 않고 '재미없다'고 믿어버렸다. 앞이 보이지 않는 아비가 갓난아기를 키운다는 게 어떤 의미일지 다가오자 돌멩이가 가슴에 팍하고 박혔다. 움찔했다. 아팠다. 심 봉사의 슬픔을 껴안았다. 그러고 보면 나는 판소리 말고도 수많은 것들을 단단히 오해하고 살았다. '그렇다'라고 여겨 섣불리 판단하고 기만했다. 너도, 그리고 너도.

저녁 7시, 달리기를 한다. 천천히 걸을 때는 남도민요 '흥타령'이나 '사철가'를, 속도감 있게 달리기 시작할 때는 춘향가의 '어사 출두'나 수궁가의 '토끼 잡아들이는 대목'을 듣는다. 판소리와 나의 달리기는 합이 잘 맞는다. 가사가 깊어 계속 들어도 좋고, 한 서린 소리는 다리와 발목에 힘을 준다. 눈물이 혹여 나면 바람에 쓸려 날아가면 된다. 슬픔 어린 소리는 슬픔을 남기지 않고, 그것을 씻겨 내린다.

"꿈이로다. 꿈이로다. 모두 다 꿈이로다. 꿈 깨이니 또 꿈이요. 깨인 꿈도 꿈이로다."

이런 혼자는 얼마든지 좋다. 몸도 정신도 맑아지는 판소리 러닝. 좋은 저녁이다. 바람이 불고 심장은 뛴다.

거리 7.9km, 평균 페이스 08'52"/km, 운동시간 1:10:08, 평균 심박 수 138 bpm

캠핑장 밤 11시, 모닥불

'캠핑'을 해 보셨는가.

해 본 사람은 안다. 이건 솔직히 여행이라기엔 너무 힘든 일의 연속이니까. '캠핑 여행'이 아니라 '캠핑 고생'이니까. 캠핑을 하나하나 뜯어보면 이렇게 귀찮은 일은 또 없다. 밖에서 밥을 해 먹기 위해 냄비부터 수저까지 모든 장비를 갖춰야 하고, 바닥에 잔돌들을 치워 땅을 고르게 하고 매트와 침낭을 깔아 잠을 자야 하는 전쟁 아닌 전쟁. 한 시간을 걸려 텐트를 치고 접는다. 이런 시간 낭비를 보셨는가. 그것도 땀을 뻘뻘 흘리며 텐트부터 텐트 용품까지 이 짐 저 짐을 들었나 났다 폈다 접었다 하면서. 그런데 거기서 끝나지 않는다. 캠핑에서 돌아오면 그 짐을 정리하는 데 반나절은 걸리고, 바깥 생활의 노곤함에 갔다 온 날만큼 쉬어야 피곤이 풀린다.

그런데 왜 이런 짓을? 기어이 또 하고 있을까? 그러나 이번 주말도 바닷가 앞 캠핑장은 여전히 북적일 것이고, 자리 좋은 캠핑장을 예약을 하려면 한 달 전부터 준비해야 할지도 모른다. 그런데 이것은 다 '밤 11시의 모닥불' 때문이다. 그 모닥불 앞에서 혼자만의 시간을 갖고 싶어서.

캠핑을 즐기시나 봐요?

사람들의 질문에 나는 기쁨의 'YES'를 말하기가 어렵다. 이 캠핑에는 슬픔이 어려있으니까. 우리 집 캠핑의 시작은 돈이 없어서였다. 우리는 독일에서 자전거 여행을 하듯, 한국에서는 텐트 여행만이 경비를 줄일 수 있는 최대치였다. 쌀이 없어도 여행은 너무 좋았고 시간이 지나도 돈은 저절로 생기지 않았고, 우리에게 는 누군가 버리기 아까워서 준 부러진 텐트만이 있었 다. 그래서 바다 앞, 계곡 옆, 산속까지 곳곳으로 캠핑 을 다녔다.

라면을 끓인다. 달그락거리는 코펠 뚜껑 사이로 세 상 맛있는 냄새가 흐른다. 라면 세 개는 순식간에 사라 지고, 식은 밥을 만다. 국물까지 들이켜고 나면 어둠은 이미 깔린 지 오래다. 텐트 여기저기에서는 고기를 굽 는 냄새가 퍼진다. 텐트마다 피어오르는 연기. 도란도 란 들리는 사람들의 목소리. 참, 낮에 캐 온 조개들의 움직임은 사뭇 요란하다. 입을 한껏 내민 조개들은 싱 싱한 바다 같다. 낮에 호미질을 너무 해서 오른손에는 물집이 두 개가 잡혔다. 상처는 아리지만, 양동이에 가득 찬 조개를 보니 아프지 않다. 조개잡이는 캠핑의 완성에 큰 몫을 하니까. 양동이에 다시 떠 온 바닷물을 채워 넣는다. 서로 어깨를 살랑살랑 부딪치는 조개들의 몸짓.

밤 9시. 사람들의 소리 대신 요란한 풀벌레 소리가 캠핑장을 덮는다. 조그만 풀벌레들의 소리가 이렇게 장엄할 수도 있을까. 고요 속에서 풀벌레들의 소리는 귀를 간질인다. 오직 어둠. 풀벌레 소리가 남은 이곳에서는 옅은 숨소리조차도 들릴 것 같아 침을 살짝 삼킨다. 그리고 그 고요 속에서 오직 '타닥'이는 소리. 모닥불은 살아 숨 쉰다. 불을 본다. 내가 불을 보는 게 아니라, 그 불이 내 얼굴을 돌려 자신을 향하게 한다. 투명하고 시뻘건 환영이 타오른다. 그 앞에 앉은 나는 저 뜨거운 것이 궁금해진다.

뭐? 그 멋진 캠핑장에 모닥불을 못 피우게 한다고? 그런 캠핑장은 바로 아웃이다. 그게 무슨 캠핑장이야? 남편과 나는 소리를 높인다. 오랜만에 같은 목소리를 낸다. 캠핑은 곧 모닥불이다. 예전에는 장작 살 돈이 없어 산에 나무를 하러 갔다. 캠핑 전날에 남편과 뒷산에 올라 숲에 떨어진 마른 나무들을 주었다. 습기가 없고 곧은 좋은 나무를 주우면 남편에게 칭찬을 받았다. 모닥불을 위해 나무꾼과 그의 아내처럼 산을 돌아다니며 나무를 한다. 이제 떠날 준비만 남았다.

캠핑의 밤. 감자와 고구마를 은박지에 싼다. 저녁을 그렇게 먹고도 포기할 수 없는 메뉴다. 남편은 불을 피운다. 종이를 좀 태우다가 나뭇가지로 옮긴다. 참 정성스럽고 인간다운 몸짓. 불 하나를 만들어내기 위해 인간은 얼마나 애를 썼던가. 졸린 아이들도 말이 없다. 마시멜로를 굽는 장인처럼 타지 않게 적당히 갈색을 만들어낸다. 마시멜로 안까지 촉촉하게 익도록 정성을 다해 굽는 아이들.

호호 불어가며 불을 붙이는 남편을 보니 마음이 짠하다. 모닥불을 유독 좋아하는 그는 다른 욕심이 없다. 뭘 먹어도 좋다고, 자기 옷 같은 건 사지도 말라며 항상 내게 좋은 쪽으로만 맞춘다. 그런데 인간이란 게 그런 상황에 감사만 하던가. 필요에 따라 이용만 하고, 내 것만 더 챙기려 한다. 결국 끝에 가서는 "당신이 좋아서 그런 거잖아?"라고 개미 한 마리를 털어내듯 상황 종료. 미안한 줄도 고마운 줄도 모르고 아득바득거리는 나라는 세계에서 나는 나올 줄 모른다.

"미안해."

불은 서서히 사람을 데운다. 무장해제된 몸 밖으로

밀렸던 감정이 새어 나온다. 진작 말했어야 하는 사과가 불을 타고 나온다. 불을 보고 있으니 이상하다. 지나간 모든 게 다 미안하다. 고마운 것보다 미안한 게 더 많아서 다짜고짜 '미안'이라고 사과를 해버렸다. 말하고 나니 민망하다. 평소에 얼마나 잘못한 게 많길래 두서없이 사과인가. 이렇게 사과만 하다 그와의 평생이 끝날 것 같아 더 미안하다. 이게 다 저 모닥불 때문이다. 그가 웃는다. 말없이 우리는 또 불을 본다. 불도 나를 본다. 이글이글하던 불이 조금씩 사그라든다. 장작을 하나 또 넣자 시뻘건 몸을 요염하게 꺼낸다. 불답다.

밤 11시, 사람들이 연기처럼 사라졌다. 천막 하나에 몸을 숨기고 잠을 청하는 사람들의 숨소리가 들린다. 나무 사이로 한기가 느껴지고, 기댈 곳은 불 뿐이다. 모닥불 앞에 사람들이 남아있다. 앞이 분간되지 않을 정도로 까만 밤. 적막하지만 쓸쓸하지 않은 고요. 어둠을 뚫고 타닥, 불꽃이 튄다. 자신을 태우다 몸이 부서져 버리는 장작들. 밤기운이 차서 등은 시리고, 불 앞에 놓인 손은 따스하다. 딱 그만큼의 공간. 적당한 온도의 혼자. 누구나 공평하게 나누어 가진 외로움의 크기처럼 밤 11시의 모닥불은 '누구나 그러하다'고 모두를 안심시킨다. 불 속으로 떨어진 불안이나 근심들은 소리 없이 녹아들고, 나는 내 몸을 안고 불 속으로 들어간다. 불은 나를 휘감는다. 그러다 보니 어느새 순결하게 남은 나라는 나.

남편은 말이 없다. 불 앞에서는 유독 그렇다. 같이 불을 보고 있지만, 우리는 다른 세계에 있다. 그는 소년처럼 나뭇가지로 불을 툭툭 건드린다. 그의 혼자만의 세계는 어떤 곳일까? 눈이 마주치자 처음 만난 사람처럼 우리는 어색하게 웃는다. 다시 불을 본다. 텐트에서 희미하게 들려오는 아이들의 숨소리. 불 앞에 앉은 각각의 세계. 같이 있지만, 혼자 있는 모닥불의 밤은 끝나지 않는다.

타닥. 탁. 탁. 탁.

제3장

나를 돌보는 시간이 소중하다

–

천정은

세 자아를 가지고 사는 나

-딸, 엄마, 아내로 살아가는 나

나는 1남 3녀 중 막내다. 막내의 존재는 '사랑' 보단 딸이라는 '실망'이 컸다. 1980년대 전에 태어난 모든 딸들은 아들과 딸의 차별을 받으며 자라지 않았을까? 혼자 생각했다.

어릴 적 기억에 '아들과 딸'을 주제로 한 드라마를 본 기억이 어렴풋이 떠오른다. 우리 집 역시 아들은 생선 한 마리씩 차지하는 반면, 딸들은 그러지 못했다.

뭔가 차별아닌 차별을 받으면서도 그때는 몰랐다. 아들에게 모든 정성과 사랑이 쏟아지는 걸 보면서도 당연하다고 생각하며 살았다. 그래서인지 오빠보단 언니와 친하게 지냈다. 서로 의지할 곳이 언니 밖에 없었다. 아픈 엄마와 생계로 바쁜 아버지를 보면서 늘 막내라는 귀여움보단 외로움이 더 컸다. 막내라는 내 자아보단 집안의 어두운 분위기 속에서 속썩이지 않는 딸이 되고자 노력했다. 대학에 입학하고 남들이 멋내며 즐거운 시간을 보낼 때 나는 아르바이트를 하며 학비를 벌어야 했다. 간호학과를 졸업하고 간호사로 종합병원 입사했을 때는 뭔가 다른 인생이 펼쳐질 줄 알았다. 현실은 빡빡한 직장 생활에 '나'라는 사람보단 '타인 지향적'인 삶을 살았다.

늘 나보다 남의 눈치를 보며 직장생활을 하던 중, 나의 절친인 언니가 중환자실에서 1년의 투병 생활을 했다. 언니의 병간호로 직장을 그만두면서 나는 인생의 끝없는 회의감을 느꼈다.

새벽부터 늦은 밤까지 언니 곁을 지키며 언니를 살려내기 위해 안간힘을 썼다. 병원 옥상에서 혼자 울며 인생의 슬픔을 토해냈다. '나'를 돌볼 시간 없이 암흑 같은 터널에 갇힌 듯 멈춰버린 시간 속에서 살았다.

그 후 세월이 흘러 중년의 나이가 된 지금 부모님 생각에 한 번씩 눈물이 난다. 아버지는 생계를 책임지기 위해 고생만 하셨다. 그런 아버지는 중환자실을 거쳐 지금은 하늘나라에 계신다.

언니가 삶과 죽음의 기로에 있을 때 옥상에서 아버지와 포옹하며 울었던 기억은 지금도 가슴 한편의 아픔으로 자리 잡고 있다. 멀리 섬에서 배를 타고 나와서 주말에 병원으로 달려온 아버지, 그런 아버지가 그리울 따름이다.

또한 아픈 엄마에게 걱정 끼칠까봐 늘 씩씩하게 전화했던 나는 가슴속에 늘 우울함과 불안함을 숨겼다. 남들처럼 내 고민을 말하면 엄마가 힘들어 할까봐, 딸이 힘들어 하는 모습 보면 엄마가 아플까봐 꾸역꾸역 숨기며 살았다. 그렇게 '나'라는 자아는 마음속 깊은 곳에 꽁꽁 숨겨져 있다. 딸이라서 실망했던 지난 시간에 대한 보상이라도 하듯이 나는 혼자 묵묵히 아픔과 슬픔을 견디며 살았다. 오롯이 혼자서.

결혼 후, 아이 셋을 키우며 나는 나라는 자신보단 엄마라는 존재로 살았다. 아이들에게 늘 웃는 모습을 보여주는 엄마가 되어야 했다. 현실은 녹록치 않았다. 아이 셋을 키우며 드는 생활비, 관사에서 시작한 신혼 생활, 양가 도움 없이 시작된 결혼 생활은 경제적인 빈곤이었다. 맞벌이하며 아이 셋을 돌보느라 체력은 늘 바닥이었고, 어딘가 모르는 통증과 불면증으로 밤을 지

새우는 날이 많았다. 둘째 아이는 2번이나 수술을 했고, 희귀성 질환으로 정기적인 검사를 해야 했다. 잔병치레가 많아서 병원을 내 집 드나들듯 다녔다. 모든 걸 혼자서 해야 했기에 눈물을 삼키며 아이 곁에서 강한 엄마가 되어야 했다. 그런 아이는 현재 사춘기가 와서 엄마인 나를 또다시 힘들게 하고 있다. 아이들에게 좋은 엄마가 되기 위해 오늘도 사춘기 자녀들의 기분을 살피며 하숙생 자녀처럼 키우고 있다.

내가 어릴 적 받지 못했던 사랑을 아이들에게는 조금이라도 '엄마'로서 따뜻한 정을 주려고 노력한다. 아이들이 가장 좋아하는 떡볶이를 해주기 위해 오늘도 땀 뻘뻘 흘리며 자전거를 타고 마트에 간다. 첫째가 좋아하는 쌀떡을 넣고, 둘째가 좋아하는 달걀을 넣고, 막내가 좋아하는 어묵을 넣고 각자의 취향을 존중해서 음료수도 각각 준비한다. '엄마'라는 역할에서 나는 아이들을 뒤에서 지지해 주고, 기다려 주는 엄마가 되려고 한다.

오늘도 야근을 하고 늦게 들어오는 신랑을 위해 대구탕을 끓였다. 가장의 무게에 짓눌려 퇴사를 하고 싶어도 하지 못하는 신랑, 하고 싶은 일이 있어도 참아야 하는 신랑, 그런 신랑에게 나는 따뜻한 아내이고 싶다. 힘들어도 힘든 내색을 하지 않고, 울고 싶어도 웃는 신랑을 보면서 안쓰러운 마음이 크다. 신랑도 한때는 직장이 아닌 다른 곳에서 자신의 일을 하고 싶어 했다.

현실은 쉽지 않았다. 지금은 직장에 얽매이면서도 제2의 인생을 준비중이다. 늘 가장으로서 이 악물고 사는 신랑을 위해 아내로서 노력하는 중이다.

딸로서 , 엄마로서 , 아내로서 인생에 쉬운 것 하나 없다. 인생, 늘 굴곡이 있고, 아픔이 있었다.

중년의 나는 요즘 '나'로서 살고자 한다. '나'는 무엇

을 좋아하는지, '나'는 어떤 사람인지 끊임없이 묻고

대답한다. 이제는 '나'를 돌볼 때이다.

혼자만의 시간이 좋다

지난날을 되돌아보니 나는 딸로서 엄마로서 아내로서 정신없이 살았다. 이제는 '나'로 살기 위해 혼자만의 시간을 많이 갖는다. 그 누구의 방해도 받지 않는 나만의 시간 말이다.

누군가는 말한다. 사람은 늙을수록 함께 해야 한다고 말이다. 그래서 없는 약속도 만들고, 브런치 식당은 아줌마들로 빈자리가 없고, 모임에 끼기 위해 열을 올린다. 그런 모임에 참여하고 나면 무언가 허탈함이 몰려온다. 잘난 시어머니 이야기를 듣고, 잘나간 신랑 이야기를 듣고, 공부 잘한 아이들 이야기를 듣고 나면 마음이 공허해진다. 나만 뭔가 부족하고 불행한 것 같다. 집에 와서 우울하다며 무기력해진다. 영양가 없는 시간을 보낸 하루하루는 남는 게 없다. 그냥 좌절감만 남는다. 남과 비교하는 순간 불행의 시작이다.

이 험난한 세상에서 자기만의 줏대를 잡고 혼자만의 시간을 잘 보내야 자신의 삶의 질이 높아진다. 집에서 나를 위해 요리를 만들어서 우아하게 먹는 사람, 클래식 음악을 들으며 음악의 세계에 빠진 사람, 악기를 배우는 사람, 운동을 하는 사람, 독서를 하는 사람등 혼자만의 시간을 잘 보내는 사람이 되어야 한다. 나는 혼자 있는 시간에 음식을 만들고, 음악을 듣고, 도서관에서 독서를 하고 자전거를 타고 수영을 하고, 헬스장에 가고 책도 쓴다.

혼자만의 시간을 잘 보내면 정말 뿌듯하다. 어제의 나와 비교하며 사는 삶은 나를 성장시킨다. 남과 비교하지 않아도 된다. 타인과 함께 시간을 보내는 게 습관이 되어 버린 사람은 타인의 눈치 보느라, 타인의 시간 맞추랴, 기분맞추랴 피곤한 삶을 살기 쉽다.

나는 학교 모임, 동네 모임, 직장 모임 등을 일부러 찾아 다니지 않는다. 남의 이야기 들어주며 가식적인 웃음을 짓는 것 만큼 에너지 낭비가 큰 것도 없다. 대부분의 사람은 만나서 자신의 이야기를 하는게 아니라 지인 이야기, 아이 이야기, 시댁 이야기를 하며 자신의 영향력을 과시한다. 자신을 포장해서 남에게 보여주기식 인간관계를 맺는다. 영양가 없는 시간은 자신의 시간을 버리는 셈이다. 그 시간에 좋은 강의를 듣고 독서를 하고 운동을 한다면 나에게 주는 영향은 대단히 많다. 몰랐던 지식을 쌓고 새로운 공부를 시작할 수 있다. 운동을 하면 루틴을 만들 수 있고, 건강을 챙길수도 있다. 어떤 선택을 할 지는 각자의 몫이다.

요즘 나는 의식적으로 혼자만의 시간을 만든다. 집 앞에 새로 생긴 도서관은 전국에서 구경 올 정도로 붐빈다. 커피 한 잔과 독서를 통해서 혼자만의 시간을 보내고 나면 에너지가 꽉 찬 느낌이다. 도서관에 가보면 동기부여가 된다. 나이든 분들이 몇 시간씩 앉아서 공부를 하고, 젊은 사람들의 뜨거운 열기가 느껴진다. 집에서 뒹굴며 게으름을 피우는 대신 도서관으로 향해보자. 도서관에 들어선 순간 책 냄새에 기분이 좋아진다. 게을러질수가 없는 환경이다.

바쁜 현대인들은 자신을 위한 시간 대신 늘 무언가를 시청하고 유튜브를 보면서 휴식을 취한다. 그런데 그런 매체들은 볼때는 좋은데 보고 나면 남는 게 없다.

나 역시 한번씩 설거지 할 때 유튜브를 보는데 한번 보고 나면 빠져 나올수가 없다. 내용도 궁금하고 재밌기도 하다. 그렇게 계속 보면 2-3시간은 금방 지나간다. 그리고 오후가 되고 금방 저녁이 된다. 쓸데없이 '남의 삶을 들여다 보며 지금 뭐하고 있지?'라는 생각에 허탈함만 남는다. 자신을 위한 시간을 정성껏 써야지 우리의 삶이 공허하지 않다. 운동을 열심히 해서 건강에 집중을 하든, 독서를 열심히 해서 지식을 쌓든, 강의를 열심히 들어서 성장하든 그 무엇이든 괜찮다. 오롯이 나를 위한 시간을 보내야만 한다. 오늘도 나는 도서관 한 구석에서 자리를 잡고 책을 보고 있다.

나는 혼자 있는 시간을 잘 보내는 사람이 훗날 노년의 삶도 잘 보내지 않을까 생각했다. 나 역시 일부러 혼자 있는 고독의 시간을 선택했다.

늘 타인과 함께 하는 사람은 외롭다. 우리는 직장을

떠나는 순간 혼자가 된다. 인간관계에 집착하던 것도 한때다. 혼자 있는 시간을 잘 보내기 위해서는 지금 당장 혼자 있는 시간을 긍정적으로 잘 사용 해야 한다. 혼자서 여행을 가고, 혼자 길을 걷기도 하고, 혼자 명상도 하고, 혼자 책도 읽고, 혼자 음식도 먹는 등 혼자서도 잘 지내야 한다.

남의 눈치 보지 않고 자신에게 떳떳한 사람, '나'를 위해 시간을 보내는 사람, 생각만 해도 멋지다.

나를 성장시키는 여행

여행, 자주 가고 싶지만, 현실은 쉽지 않다. 한때의 나는 여행은 경제적인 여유가 있어야 가는거 아닌가? 라고 생각했다. 국내 여행만 하더라도 숙박비가 만만치 않다. 거기에 음식 값, 차비까지 합하면 가족 여행은 사실 쉽지 않다.

아이가 어릴 적에는 여행보단 가까운 바닷가나 뒷산에 가는 게 일상이었다. 지인들은 4박 5일씩 동남아,

일본 등 가까운 곳을 다니며 나를 유혹했다. 아이들이 기억에 남는 건 해외 여행 뿐이라고 말이다. 비행기 타고 싶다는 아이들의 말을 무시했다. 늘 우리 가족이 찾은 곳은 시에서 운영하는 공짜 물놀이터나 경마 공원이었다. 아이들은 커갈수록 반 친구들이 해외여행 가는것에 부러움을 표현했다. 도대체 우리는 언제 해외여행 갈 수 있냐며 불만을 표출했다.

유럽에 가는 친구, 동남아에 가는 친구, 제주도에 가는 친구들 이야기를 몇 시간씩 해댄다. 엄마인 나는 아이의 속마음을 알고 있다. 결론은 부러워서 같은 이야기만 몇 시간째 반복하고 있다는 것을 말이다.

그렇게 우리 가족 역시 몇 년 전에 베트남 가족 여행을 다녀왔다. 경비 비용을 최소화 하기 위해 숙소는 가장 저렴한 곳으로 잡았고, 비행기 역시 새벽 일찍 탔다.

싼 숙소 탓에 벌레가 많아서 아이들은 기겁을 했고, 차비 값을 아끼기 위해 2층 버스를 타고 하루 넘게 이동하기도 했다. 아이들에게는 힘든 여행이었지만, 그때의 추억은 지금도 기억에 남는지 종종 이야기를 한다. 집에 와서는 우리집이 최고라며 손뼉 치던 아이들 모습을 보며 웃었다. 물론 가장 좋은 숙소에서 여유롭게 물놀이를 하며 바다가 보이는 멋진 곳에서 밥을 먹으며 휴양을 했다면 아이들은 또 가자고 졸랐을지도 모른다. 아이들에게 여행은 낯선 곳에서 낯선 사람들을 보며 그 사람들의 생활을 이해하고 문화를 살펴보며 많은 걸 느끼는 계기가 되었다. 또한 일상의 소중함도 알게 되었다. 요즘은 마음만 먹으면 쉽게 떠날 수 있다. 물론 해외 여행도 좋지만, 나는 국내 여행이 더 좋다. 비용도 비용이지만, 우리나라에서 안 가본 곳이 더 많다.

최근에 나는 혼자서 버스 1001번을 타고 해운대까지 다녀왔다. 운전하고 갈 수도 있겠지만, 남이 운전해준 차를 타고 풍경을 감상하는 것도 좋다. 남과 함께 가는 여행도 좋지만 혼자 가는 여행이 더 기억에 남는다. 1시간 30분을 달려 해운대에 도착한 후, 해운대 옆의 동백섬을 쭉 걸었다. 낯선 도시에서 낯선 사람들이 운동하는 모습을 보며 '정신 똑바로 차리고 살자'.라며 혼자만의 교훈으로 삼았다. 많은 직장인들이 있는 해운대의 점심 시간을 보면서는 그들의 치열한 삶을 엿볼 수도 있었다. 벤처 기업들이 즐비한 곳에서 그들이 나눈 대화를 엿들으며 직장인으로서의 열정도 느꼈다. 삶에서 치열한 한때를 보내고 있는 그들의 열정을 간접적으로 체험했다. 밥을 먹은 후 들른 해운대 해수욕장은 우리나라 최고의 바닷가라고 할 만큼 감탄사가 절로 나왔다. 혼자 셀카를 찍고, 혼자 갈매기를 보고, 혼자 커피를 마시며 멋진 야경을 구경했다. 그날 여유로운 하루를 보내면서 나는 많은 깨달음을 얻었다. 혼자만의 여행을 통해 좁은 틀 안에 갇혀 있는 곳에서 깨어나는 느낌을 느꼈고, 생각 정리를 할 수 있었다.

낯선 곳에서 낯선 이들을 통해 배우고 느끼면서 나만의 비좁은 생각에서 빠져 나올 수 있었다. 사소한 생각, 불안함, 쓸데없는 생각들을 버릴 수 있는 계기가 되었다.

멀리는 못가더라도 혼자만의 여행을 떠나보자. 최근에는 집에서 가까운 산에 갔는데 정상에 올라간 순간 새로운 세계가 펼쳐졌다. 그 곳 정상에는 제주도를 연상케 하는 푸르른 잔디밭과 억새풀이 있었고, 비행기 헬기장이 있었다. 힘들다고 올라가지 않았더라면 결코 볼 수 없었을 풍경이었다. 그날, 뻥 뚫린 경치를 보면서 인생에 대해 생각해 보았다.

올라올 때 힘든 비탈 길, 좁은 길, 휑하니 먼지만 날리는 길, 숲이 우거지는 길 등 우리의 인생도 그렇다. 힘든 인생, 무기력한 인생, 울고 싶은 인생, 이런 인생의 여정을 거친다.

힘들게 올라간 정상에서 본 산은 정말 자연의 위대함을 한눈에 느낄 수 있었다. 힘든 인생을 한걸음 한걸음 가다 보면 훗날 인생의 위대함을 느낄 수 있지 않을까? 여행을 통해 나는 새로운 성장을 하고 있다. 혼자만의 여행에서 삶을 배웠고, 더 큰 삶을 알게 되었다.

나는 나를 사랑하는가?

'나는 나를 사랑하는가?' 라는 질문에 선뜻 답을 할 수 없다. 소심했던 어린 아이가 자라서 큰 꿈을 꾸고 간호학과에 진학해서 간호사가 되었지만, 현실은 어린 아이가 바랐던 것과 너무 달랐다. 태움 문화를 겪으면서 늘 새벽 첫 차를 타고 직장에 출근했다.

깜깜한 새벽의 찬 공기를 마시며 직장에 가장 먼저 출근하고 말없이 묵묵히 일만 했음에도 선배들의 꾸

지람은 계속 되었다. 직장생활이 원래 이렇게 힘든 것일까? 그만둘 수도 없는 환경 탓에 묵묵히 견뎌야 했다. 그 누구에게도 속 시원하게 이야기할 수 없었던 20대의 아이는 직장에서 살아남기 위해 안간힘을 썼다. 상사의 눈치를 살피랴, 동료와 친하게 지내랴, 후배들 챙겨주랴, 무엇하나 편한 날이 없었다. 긴 한숨으로 하루를 시작하고 긴 한숨으로 하루를 끝마쳤다. 잘해도 욕먹고 못해도 욕먹는 직장생활에서 싫은 사람들 눈치만 보고 살았다.

가족의 병환으로 아픈 시간을 보내면서 20대의 가장 즐거울 나이에 세상의 슬픔을 다 가지고 살았다. 우울함과 공황장애로 미칠거 같았지만 그 누구에게도 속내를 털어놓지 못했다. 견뎌야 했다. 슬퍼도 웃어야 했다. 가면을 써야 했다. 미친 듯이 뛰었다.

결혼 후 조금은 숨 쉴 수 있는 통로가 생길거라 생각

했지만, 현실은 팍팍했다. 아이 셋을 육아하면서 워킹 맘으로 살다보니 어느덧 흰머리가 희끗희끗 나기 시작했고, 감정은 오르락내리락 했고, 울음 많은 중년의 아줌마가 되었다. 20대의 아이는 지금의 40대가 되어서도 인생, 정말 힘들다. 삶에 대한 긴 회의감으로 하루 하루 살고 있다.

'나는 나를 사랑하는가?'에 대한 대답을 머뭇거리는 이유는 나를 돌볼 시간이 없었기에 나에 대해 정확히 모른다. 나라는 사람은 그냥 견디고 참고 인내하며 살았다.

어디에 내세울 수도 없는 낮은 자존감과 늘 고개 숙이며 살았고, 인맥과 학벌 또한 내세울 수 없다. 인생의 주인공이 아닌, 있는 듯 없는 듯 조연으로 살며, 뒤에서 웃고 박수 쳐주는 사람이었다. 그게 내가 살아가는 생존방식이었다. 앞에서는 웃고 뒤에서는 우는 삶이 비참했다.

'중년의 나는 나를 사랑하는가?' 라는 질문에 울음이 폭발했다. 열심히 살았음에도 인생의 허무함이 밀려왔고, 남을 먼저 배려했음에도 입에 오르락 내렸다. 남처럼 아부하고 애교 많은 내가 아니라서 인정받지는 못했지만, 열정과 끈기로 여기까지 왔다. 아이 셋을 키우며 인생의 허무함이 밀려올 때마다 독서를 했다. 그렇게 1,000권이 넘는 독서를 통해 나는 지금의 책을 쓰기 시작했다. 학창 시절에 받아쓰기 시험에서 빵점 맞을 정도로 철자법도 뒤늦게 익혔지만, 지금의 나는 책을 쓰고 있다. 숨쉬기 위해 독서를 하고 책을 썼다. 유명 작가가 되지는 못했지만, 나름 나를 위한 시간을 잘 보내고 있다.

이제는 나 자신을 사랑하려고 한다. 그 누구도 나를 대신 사랑할 수는 없다.

첫째, 나는 나와 대화를 많이 하려고 한다. 특히 걷거나 자전거를 타면서 나 자신과 이야기를 한다. 나라는 사람을 알아가면서 나라는 사람의 괜찮은 사람이라는 걸 발견했다.

늘 타인의 시선을 의식하며 타인에게 인정받기 위한 삶이 아닌 이제는 내 자신에게 인정받으려고 한다.

둘째, 나는 나만의 스트레스 해소법을 안다.

내가 좋아하는 게 무엇인지 알고, 내가 숨쉴 수 있는 방법을 찾았다. 누구나 퇴사하는 순간이 오고, 죽음이 시간이 가까이 온다. 하루하루 자신이 좋아하는 일을 해야 한다. 나는 나만의 스트레스 해소법으로 혼자 있는 시간을 선택했다.

셋째, 나는 나를 안아준다.

이건 조금 쑥스럽지만 나는 두 손으로 나를 꼭 안아준다. 한 번씩 내 자신이 안쓰러워 눈물이 나기도 하지

만 하루에 한번씩 꼭 안아준다. 자신을 사랑하는 사람
은 자신뿐이다.

그 누가 뭐라 해도 나는 나를 믿는다. 자신을 꼭 안
아주고 '사랑해.' '수고했어.'라고 말한다.

오늘도 각자의 인생에서 자신을 사랑하는 사람이
되었으면 좋겠다.

자신에 대해 얼마나 알고 있는가?

우리는 자신보단 남 이야기를 입에 오르고 떠들어 댄다. 연예인 이야기는 일거수 일투족 촉각을 세우고 관심 갖는다. 누가 집을 샀는지, 누가 결혼을 했는지, 이혼을 했는지 다 안다.

드라마 이야기는 몇 시간씩 하고 함께 웃고 떠들어 댄다. 타인의 인성에 대해 논하고 사생활에 대해 이야기 한다. 정작 남에 대해서는 그렇게 잘 알면서 자신에 대해서는 관심이 없다. 남이 정신과 약을 먹으면 그게 대단한 일처럼 안쓰러운 눈초리를 보내면서 자신의 감정 따윈 돌볼 생각이 없다.

나 역시 직장생활에 살아남기 위해 남의 감정 살피기에 급급했다. 그 사람 비위 맞추는 게 나의 생존길이라 생각했다. 인사를 안 받으면 나 때문에 기분이 안 좋은가? 말투가 냉소적이면 나 때문에 그런가? 그렇게 직장 생활을 하니 몇 달도 안 되서 번아웃이 왔다.

자신보다 타인을 위한 사는 삶처럼 불행한 것도 없다. 타인을 위한다고 그 사람이 결코 좋은 소리를 내뱉지 않는다. 늘 상대방에 대한 쓴소리, 부정적인 이야기만 한다.

나도 처음 직장 생활을 했을 때는 회식에 가서 웃고 떠들고, 비위 맞추며 살았다. 집에 돌아오면 몸도 마음도 지쳐갔다. 나라는 사람은 집단 생활이 정말 안 맞는 사람인데, 가면을 쓰고 늘 집단 속에서 살았다. 몇 달안되서 번아웃이 오고, 두통과 우울증으로 몸도 정신도 많이 아팠다.

나는 나 자신을 생각하기 보단 남의 눈치를 보며 살았다. 그 후 나는 나에 대해 객관적으로 살피고 나를 알아가기 시작했다. 나라는 사람은 집단 생활보다는 개인 생활을 좋아하는 사람이었다. 남들처럼 어울려서 웃고 떠들며 즐겁게 시간을 보내는 것보단 조용하게 내 시간을 보내는 걸 좋아하는 사람이다. 나는 타인 배려적이기 보단 조금은 나를 먼저 생각하는 이기적인 사람이다. 이런 내가 직장에 다니는 20년 동안 거꾸로 살았으니, 얼마나 괴로웠겠는가?

자신에 대해 잘 알지도 못하고 오로지 남이 하라는 대로 꼭두각시처럼 살았다. '회식하자' 라는 말에 거절하면 왠지 왕따가 될 것 같아서 꾸역꾸역 참여했다. 무리 속에 있으면서 다른 사람 험담을 하며 함께 맞장구를 쳐줘야 직장 생활이 조금은 편해진다. "제 생각은 다른데요." 라고 말하는 순간 왕따가 되었다. 남들처럼 애교도 부리고 돈도 먼저 먼저 낼 줄 아는 사람이 인기 있는 사람이 되기에, 늘 뒤에서 쭈뼛쭈뼛 카드를 내는 시늉을 했다. 상사가 좋아하는 사람은 애교 있고, 밥도 살 줄 알고, 커피도 쏠 줄 아는 사람이었다. 그런 사람과 똑같이 행동하기 위해서 내 감정 따위 필요 없었다. 가식적으로 사는 삶은 나의 마음을 피폐하게 만들었다.

그렇게 직장인 20년 차가 되면서 나는 이제야 깨달았다. 타인보다 자신에 대해 잘 알고, 자신의 감정을 먼저 살펴야 된다는 걸. 타인배려적이기 보단 조금은 자신을 챙기는 이기심도 가져야 한다는 걸. 남의 눈치를 살피기 보단 때론 당당하게 말도 할 줄 알아야 한다는 걸.

내 자신이 가장 소중하다는 걸.

때로는 용기 있게 내 인생의 설계도를 지웠다 그릴 수도 있다는 걸.

요즘 나는 그렇게 살려고 한다.

후배들의 고민 상담에 대해선 늘 너가 하고 싶은 대로 하라고 한다. 자녀들의 진로 상담에 대해선 늘 너를 믿는다고 한다. 나는 내 자신이 살고 싶은 대로 살려고 한다.

남이 하라는 대로 사는 게 아닌, 오롯이 내가 원하는 대로 산다. 남의 눈치 보는 대신 내가 하고 싶은대로 한다. 내 자신은 무리보다 혼자 있는 시간을 좋아하기에 그렇게 살고 있다.

내 자신을 가장 잘 아는 사람은 나 자신뿐이다. 이제야 나는 나를 잘 알게 되었다.

진통제를 달고 살았던 나는 혼자만의 시간을 갖고,

혼자 좋아하는 일을 하면서부터는 진통제가 필요 없게 되었다. 늘 불안과 초조함에 안절부절 타인의 시선을 의식했던 내가 지금은 하고 싶은 말도 하고, 나의 감정을 먼저 생각한다.

쓸데없는 남 이야기로 시간 보내는 게 아닌 내 자신을 돌보며 나를 위해 시간을 보내는 방법을 알게 되었다. 우리는 누구나 자신에 대해 가장 잘 알아야 한다.

나와의 대화로 나를 단련한다

-정신과 갈 여유가 없다

정신과를 처음 가본 건 간호학과 실습 때다. 실습 전날,정신병원이라는 두려움에 전날까지 잠을 설쳤다. 실습을 하면서 느낀 건 거기에 있는 환자가 내 모습이었고, 그들 또한 우리와 똑같다는 것이었다. 정신병은 이상한 병이 아니었다. 오히려 마음이 약해서 남들에게 받은 상처와 아픔을 이기지 못해서 오는 경우가 많았다. 자신이 감당하기 힘든 감정을 억누르고, 해결 방법을 몰라서 숨긴 채 살다가 뒤늦게 병원을 찾았다. 내가 만난 한 대학생 역시 그랬다. 재수를 해서 인서울의 이름 있는 대학의 법대에 입학했다. 졸업 후 사법고시 공부를 하면서 몇 번의 시험을 낙방했다. 주위 사람들의 비난과 채찍질은 심해졌다. 자연스레 불안함과 강박증이 생기기 시작했고, 급기야 그 청년은 집에 있는 책에 불을 질러버렸다.

순간 자신의 감정을 이기지 못하고 일을 저질렀다. 그 와중에 주위 사람들은 미친 놈이라며 정신병원에 입원을 시켰다. 문제가 있다고 입원했지만, 그 청년과 대화를 나누면서 나는 생각했다. 그 청년이 얼마나 힘들었으면 그랬을까? 응원과 지지를 받아도 공부하기 힘들었을 텐데 몇 번의 낙방으로 세상의 실패자처럼 비난을 쏟아 부었다. '괜찮아', '수고했어', '조금만 더 힘내자'. 라고 했다면 어땠을까? 꼭 이 길만 가야 하는 건 아니야. 다른 길로 가도 괜찮아.

단 한 명이라도 청년에게 이 말을 해줬다면 어땠을까? 그 청년은 주위에서 만든 병으로 아픔을 겪고 있는 피해자였다.

정신병원에 있는 사람들과 이야기를 나눠보면 나와 비슷한 사람들이 많다. 자신의 감정을 꼭꼭 숨기는 사람, 불안감과 우울을 달고 사는 사람, 세상이 원망스러운 사람 등 현대인이라면 한번쯤 겪었을 병이다. 그들과 이야기를 나누면서 그들의 아픔에 공감이 되었고, 그들의 이야기가 마치 내 이야기인 것 같아서 눈물이 났다. 짧은 실습 기간이었지만, 친근감 있게 다가오며 나를 기다리는 사람, 머뭇거리며 쑥스러워 하는 사람, 내가 다가오기를 기다리는 사람 등 오히려 내가 치유되는 느낌이었다. 그들을 보면서 정신병이 마음이 여리고, 감정을 표현하지 못한 채 혼자 앓다가 해결 방법을 몰라서 생긴 병이라는 생각이 들었다. 주위를 둘러보면 정신과에 가야 할 사람은 정작 주위 사람에게 피해를 주며 잘 산다.

우리는 누구나 정신병을 가지고 산다. 불안함, 강박증, 분노감, 우울감 등은 누구나 한 개 이상씩은 갖고 살고 있다. 나 역시도 그렇다. 늘 불안함과 우울감을 가지고 살았다.

남들에게 무시당하지 않기 위해 이 악물고 남들 앞에 나서 보기도 하고, 가면을 쓰고 살아왔지만, 진짜 나라는 사람의 마음속에는 정신병을 갖고 살았다. 한 번씩 정신과 가서 속 시원하게 상담 받고 싶다는 생각이 문득 든다. 다만 상담료도 부담되고, 행여나 문제가 더 심하다고 할까봐 두렵다. 그래서 내가 선택한 건 나는 나와의 대화를 시작했다. 불안하고 우울한 나를 정면으로 바라보기로 했다. 상처받은 나를 숨기지 않기로 했다. 나를 가장 잘 아는 사람은 나라는 사실에 나와의 대화로 불안감을 극복하려고 한다.

‘정은아, 너는 뭘 할 때 가장 행복해?’

‘음, 나는 요즘 자전거 타고 공원을 쌩쌩 달릴 때. 자전거를 배운지 3년 정도 됐는데, 그동안 왜 자전거를 안 탔을까? 라는 생각이 들 정도로 자전거 타는 시간이 즐거워. 마음이 복잡하거나 기분이 다운될 때 자전거를 타고 공원을 달리면 시원하게 불어오는 바람에 기분이 좋아. 가슴이 확 트인 것 같아.’

‘정은아, 너는 취미가 뭐야?’

‘음, 나는 어렸을 때는 피아노를 치면서 즐거웠는데, 어른이 되고 나서는 책을 읽어. 책 읽는 시간이 가장 편안하고 즐거워. 무엇보다 성공한 사람들의 삶을 엿보면서 인생의 지혜를 배울수 있거든. 그래서 책쓰기도 시작했어. 잘 쓰지는 못하더라도 나는 책쓰기를 통

해서 어제의 나보다 더 나은 사람이 된 것 같아.'

이렇게 나와의 대화를 시작하고 나서 그동안 내 마음 깊은 곳에 꽁꽁 숨겨두었던 무거운 감정들을 하나씩 하나씩 꺼냈다. 인생이 외로워. 불안해. 왜 그럴까? 이런 감정들을 감추지 않고 솔직히 내 자신에게 이야기 한다. 남들에게 하지 못하는 이야기를 나는 나와의 대화로 잘 풀어나가고 있다. 진정한 친구와 이야기를 통해 자신의 감정이 해소되면 좋겠지만, 나는 남에게 내 이야기를 잘 꺼내지 못한다. 내 아픔을 그들이 공감해줄까? 그들의 위로가 나에게 큰 힘이 될까? 어차피 인간은 혼자다. 라고 생각하며 산다.

그렇게 나는 나와의 대화를 통해 혼자 위로도 건네고, 혼자 내 감정을 솔직히 직면했다.

나는 오늘도 나와의 대화로 하루를 시작했다. 커피 한잔을 놓고 나는 나와의 대화를 한다. 요즘 의 기분이 어떤지, 나는 무엇을 할 때 좋은지, 나는 어떤 사람이 되고 싶은지 말이다.

오전 시간에 브런치 카페를 지나가 보면 30-40대가 가장 많다. 남에게 자신의 고민을 털어놓기 삼삼 오오 모였다. 남에게 털어놓든, 자신과의 대화를 하든 우리 모두 마음의 병이 낫기를 기대해 본다.

사춘기 자녀를 키우는 엄마로, 내 자신으로, 아내로, 직장인으로 1인 다역을 하는 나를 오늘도 한번 안아줬다. 대견한 내가 안쓰럽기도 하고 기특하다.

나를 가장 잘 아는 사람, 나를 가장 사랑하는 사람, 나를 위로해 주는 사람. 바로 나 자신이다.

인생 나만 힘든가?

인생, 나만 힘든가? 한번씩 생각한다. 숨이 목구멍까지 차오르면 큰 한숨 쉬면 될 것을 그 숨조차 참고 살았다. 한 고개 넘으면 또 다른 힘듦이 찾아왔다. 인생에 대한 회의감마저 들었다.

과거의 나는 '인생 정말 힘들구나.'라며 참고 살았다. 해결할 방법도 몰랐고, 누군가에게 털어놓지도 못했다. '인생 힘들다.'라며 속으로 삭히며 살았다.

중년의 지금, 나는 달라졌다. 인생이 힘들 때는 큰 숨도 쉬면서, 나라는 사람이 안쓰러워 안아주기 시작했다. 혼자 있는 시간을 잘 보내고 있고, 나 자신에게 집중하며 대화하기 시작했고, 처음으로 '나' 라는 사람을 알아가기 시작했다.

사실 나는 지금까지 스트레스 해소법을 몰랐다. 마냥 참고 견디면 되는줄 알았다. 잠시 쉬어가도 된다고, 잠시 울어도 된다고 누군가가 말해줬다면 그렇게 했을지도 모르겠다. 나 자신에게 냉혹했다. 쉬면 안 된다고, 더 열심히 살라고 채찍질을 했다. 울고 싶은 감정을 숨긴 채 가면을 쓰며 웃었다.

중년의 나는 나를 객관적으로 보면서 나라는 사람을 관찰했다. 힘들 때 나에게 가장 위로가 되는게 무엇일까? 수다? 먹방? 술? 대답은 'NO'

수다로 하루를 보내보니 그들의 대화는 비슷했다.

아이 이야기, 남편 이야기, 시댁 이야기, 친구 이야기 뿐이었다. 먹방으로 하루를 보내보니 몸이 찌뿌둥했다. 움직이기 조차 싫어졌다. 술로 하루를 보내보니 두통과 구토로 괴로웠다. 술 마신 다음 날까지 영향을 미쳤다.

과거의 나는 인생 힘들다, 라는 말만 되풀이 했다. 직장에서는 상사와의 관계로 힘들고, 집에서는 엄마로서 사춘기 아이들의 눈치를 봐야 하고, 갱년기 남편의 비위도 맞춰야 하고, 친정 부모님의 병환으로 늘 머리가 무거웠다. 삶이 오르막이 있으면 내리막도 있는데 '왜 이렇게 힘들지?' 라며 한탄했다. 그때 나는 나와의 대화를 통해 알게 되었다. 내가 생각하고 고민한다고 해결할 수 있는 문제인가? 걱정한다고 해결되는가? 그렇게 나는 하루 30분만 신경 쓰고 고민하기로 했다.

사실 쉽지 않았지만, 하루종일 고민하며 내 하루를 망치고 싶지 않았다. '인생 힘들다.' 라며 눈물이 났지만, 고민은 '30분만'을 외치며 살았다. 나와의 대화를 통해 나는 많은 걸 얻었다.

물 흐르듯 시간은 흘러간다. 힘들다고 멈추지만 않는다면 언젠가는 다시 일어설 기운이 난다.

내 동료는 직장에서 늘 습관처럼 '힘들다'라는 말을 내뱉는다. 그런 부정적인 기운은 주위 사람을 물들었다. 한사람이 힘들다고 내뱉었을 뿐인데 주위 사람 2-3명도 힘들다며 사직서를 던지고 싶다고 했다. 주위 환경이 중요한 이유다.

나 역시 '인생 힘들다.'라는 말을 습관적으로 내뱉었다. 나와의 대화를 통해 이제는 긍정적인 언어만 사용하려고 한다.

부자가 되고 싶으면 부자 옆으로 가라. 성공하고 싶

으면 성공한 사람 옆으로 가라. 긍정적인 사람이 되고 싶으면 긍정적인 사람의 옆으로 가라. 이 말에 전적으로 공감한다.

출근할 때마다 자신의 기분을 드러내는 상사 때문에 힘든 시간이 있었다. 그 상사는 집안의 문제를 직장까지 끌고 와서 늘 부정적인 말과 시선을 보냈다. 남자친구와 싸우면 그 감정을 우리에게 고스란히 드러냈다. 신경질적인 말투와 화난 말투는 우리가 감당하기 정말 힘들었다.

'너만 힘들어?' 라고 말하고 싶을 정도였다.

추운 겨울 날 병원을 출근하면서 내 마음은 무거웠다. 중환자실에서 인공 호흡기를 달고 있는 아버지 생각이 났기 때문이다. 한평생 가장으로서 열심히 달려왔던 아버지이기에 가슴이 아팠다. 어렸을 때는 엄마의 병환으로 도시락을 손수 싸주셨고, 승진 시기에는 언니의 병환으로 빚을 갚기 위해 고군분투했다. 그런 힘든 삶을 견디고 나서 자신은 심부전과 뇌경색으로 힘든 투병 생활을 하다 지금은 하늘나라로 가셨다. 고군분투하고 살아낸 결과가 눈물 나게 처참했다. 무거운 마음을 감내하며 출근하면서 내 마음속은 감당할 수 없는 슬픔이 밀려왔다. 그 감정을 참으며 일했다.

누구나 인생의 힘겨운 순간이 찾아온다. 그 시간을 현명하게 잘 견디느냐 아니냐의 차이가 있을 뿐이다. 그리고, 인생의 아픔을 혼자서 잘 해결할 수 있느냐 없느냐의 차이만 있을 뿐이다. 나 역시 힘든 인생에서 나와의 대화를 통해 모든 걱정은 30분만 하자. 라며 나를 다독였다. 힘든 인생 혼자서 감당하기에 벅차는 순간이 오더라도 현명하게 극복하길 바란다.

나와의 대화를 시작했다

처음에는 어색했다. 타인의 눈치를 보며 타인과의 대화에 익숙했던 내가 나와의 대화를 한다는게 뭔가 정신이 이상한 사람처럼 보였다. '정은아, 오늘 하루 어땠어?'로 시작된 대화는 하루의 반성으로 마무리가 되었다. 나와의 대화를 하고 나서 달라진 점이 한두가지가 아니다.

첫째로 나는 타인의 시선을 무시했다.

남에게 잘 보이기 위함이 아닌 나에게 잘 보이려고 했다. 남들이 뭐라해도 그들의 쓸데 없는 평가를 무시하는 힘이 생겼다. 사실 나는 직장에 갈 때는 단정한 옷차림으로 출근하지만, 쉬는날 이나 퇴근 후에는 편한 운동복이 가장 좋다. 커피도 남들처럼 별다방 커피가 아닌 종이컵 믹스 커피나 아메리카노가 가장 좋다. 주위 사람들은 모임에 가기 위해 명품백을 사고, 금융 치료를 위해 옷을 산다지만 나는 소비하는 습관이 싫다. 남이 뭐라고 해도 나는 내가 편하면 최고다. 남들이 쇼핑 가서 예쁜 옷을 사자고 말하지만, 나는 5년 넘은 내 운동복이 가장 좋다.

두 번째로 나 자신을 사랑하게 되었다.

부족한 사람이라 생각했지만 나라는 사람의 장점도 알게 되었다. 나 자신과 대화를 해보니 나는 남들보다 열정, 끈기도 있고, 무엇보다 한 걸음씩 성장하는 내 자신을 보게 되었다.

세 번째로 긍정적으로 세상을 보게 되었다.

나를 객관적으로 살펴보면서부터는 세상의 시선을 긍정적으로 보게 되었다. 이왕이면 긍정적으로 생각하고 긍정적으로 이야기 하려고 노력한다.

네 번째로 여유 있는 사람이 되었다.

늘 쫓기는 삶에서 여유 있게 즐기는 인생을 살게 되었다. 나와의 대화를 통해 나만의 속도와 방향으로 살고 있다.

사람들은 누군가와 함께 차를 마시고 누군가와 함께 여행을 가고 누군가와 함께 밥을 먹고 누군가와 함께 영화를 본다. 마치 그게 진리인 듯 산다. 내 이야기가 하고 싶어도 누군가를 찾고, 내가 스트레스를 받아도 누군가를 찾고, 내가 무언가를 하고 싶어도 누군가를 찾는다.

그래서 친구 많은 사람이 마당발이라며 인기가 많다. 그렇게 남에게 의지하며 남과 함께 시간을 보내는 사람이 혼자 있는 시간을 잘 견딜 수 있을까?

타인에 기대어 사는 사람이 혼자서 밥을 먹고 혼자서 여행을 갈 수 있을까? 그 사람들은 누군가를 찾기 위해 오늘도 분주하다. 직장에서 퇴근하면 누군가와 맥주 한 잔을 해야 하고, 연차를 내서 누군가와 일정을 맞춰서 여행을 가야 한다. 함께 한다는 건 좋은 거지만 꼭 함께 해야 한다는 건 자신을 나약한 존재로 만든다.

내 지인 역시 늘 약속이 끊이지 않는다. 마치 자신의 인맥을 자랑처럼 떠들어댄다. 이번에 연차 내서 친구랑 여행가고, 오늘 저녁에 핫플에 가고, 함께 우정 반지도 한다면서 싱글벙글이다. 그런 지인은 약속이 없는 날에는 꿀꿀하다고 한다. 혼자서 무얼 해야 할지 모르겠단다.

사람은 혼자 있는 시간을 잘 보내야 한다. 자신을 위한 시간을 보내본 적이 없는 사람이 은퇴 후 잘 살 것 같은가? 주위에 모든 사람이 떠난 후에 잘 지낼 것 같은가? 늘 외롭다고 툴툴대며 살지 않을까? 남들과의 수다는 몇 시간씩이나 하면서 자신과의 대화는 한 번도 안하는 사람이 자신의 감정을 과연 잘 알까? 남이 하자면 하고 하지 말자면 안하는 인생처럼 불행한 것도 없다. 언젠가는 혼자 가야 하는 게 인생이니 말이다. 혼자서 자신과의 대화를 해 보자.

나는 나와 대화를 하고 나만의 시간을 갖는 걸 정말 좋아한다. 그래서 하루 중 1시간은 나의 시간을 갖는다. 혼자 있는 시간의 힘을 알기 때문이다.

오롯이 자신과 진실한 대화를 나눠야 하는 사람은 타인이 아닌 바로 자신이다.

스멀스멀 올라오는 불안증과 공황장애 그리고 불면

증은 나를 인생 끝 벼랑으로 몰기도 했지만

나와의 대화를 통해 나는 떨어지지 않았다. 나와의 대화를 통해 나는 책을 쓰고, 내가 좋아하는 책을 읽고, 운동을 하며 한 숨 쉬어가는 공간과 시간을 얻었다.

귀중한 오늘이라는 시간에 자신과의 대화를 꼭 한 번 해보면 좋겠다.

혼자서 용감해져야 한다

학창 시절 나는 소심한 아이였다. 지금 생각해보면 내 주위 환경이 나를 더욱더 소심하게 만들었다. 어릴 적 우리 집 교훈은 '근면 성실' 이었다. 즉 학생으로서 공부 열심히 하고, 성실하게 학교 잘 다니고 선생님 말씀 잘 듣는 게 최고였다. 내 목소리를 내기 보단 조용한 학생으로 지냈다. 한 번이라도 누군가의 칭찬을 받았더라면, 한 번이라도 누군가가 용기를 줬더라면, 한

번이라도 누군가의 따뜻한 사랑을 받았다면 나는 자존감 높은 아이로 성장했을 것이다.

학교 잘 다니고 선생님 말 잘 듣는 게 최선이라 생각했던 그때의 나는 남이 발표하면 손바닥이 떠나가라 박수를 쳤고, 선생님의 물음에 늘 고개 숙이며 "네.네. 알겠습니다." 자신없게 대답했다.

발표 시간에 선생님이 출석부를 보며 누구를 호명할까? 고심하는 모습에 나는 땅에 고개를 처박고 '제발 내가 아니였으면'을 바랐다. 나와 달리 친구들은 '제가 할래요'. '제가 할래요'.라며 서로 손을 들었다. 자존감 높은 친구들은 선생님뿐 아니라 친구들 사이에서도 인기쟁이였다.

반장선거가 있던 날, 반장, 부반장에 나가겠다고 서로 서로 손을 들었던 모습이 지금도 생생하다. 반면 나는 청소반장조차 손 들 용기가 없었다. 조용하고 소심하게 사고 안 치는 게 최고라 생각했다. 늘 아웃 사이더에서 있었던 나는 중심에 선 친구들을 바라보며 부러움과 시기 질투심만 가득했다. 과외를 받고 학원을 다니는 친구는 수업 시간에도 자신감이 넘쳐났지만, 나는 학원 근처도 가지 못해서 혼자 해답지를 보며 문제를 풀었다.

새벽 6시 도서관에 제일 먼저 달려가 줄을 서서 가장 좋은 자리를 맞추며 공부했던 나와 달리, 친구는 독서실 월권을 끊어서 엄마가 싸준 도시락과 간식을 먹으며 공부했다. 그들을 따라 잡으려고 밤새 공부해봤지만, 당시 고액 과외를 받았던 나의 절친의 성적을 따라 잡지 못했다. 그때 어린 마음에 돈이 많다는 게 얼마나 혜택이 많은지를 처음으로 알게 되었다.

대학에 가서는 조금은 활발해 지려고 동아리도 가입해 보고, 친구의 부류도 바꿨다. 활발한 친구는 밤새 술 마시고 미팅하고 노는 것에 익숙한 반면 나는 미팅 한번 나가도 온몸에 식은땀이 흐르고 묻는 말에 대답만 했다.

어릴 적 소심했던 나는 커서 성격을 바꿔보려고 노력했지만 쉽지 않았다. 남과 함께 있는 것보단 혼자 있는 게 좋았고, 누군가와 어울리며 시간을 보내는 것보다 혼자서 시간을 보내는 게 더 좋았다. 혼자 있는 시간에 에너지를 얻는 사람이었다. 그런 내가 취업 후 무리에 있는 사람의 텃새와 태움에 얼마나 힘든 시간을 보냈는지 모른다. 조금의 실수도 용납되지 않는 세계에서 조금의 실수를 하면 야단을 맞고 그들의 입방아에 며칠씩 오르락 내리락 해야 했다. 소심했던 나의 성격은 더 소심해졌다. 무리 속에 있지만, 혼자가 편했던 나는 그들의 입에 오르내리지 않기 위해 늘 열심히 일했다. 차라리 바쁜 게 마음이 편했다.

밤 근무 4일을 하고 오프 날 나는 늘 혼자만의 시간을 가졌다. 그 시간이 없었다면 나는 직장 생활을 견디지 못했을지도 모른다. 그렇게 혼자만의 시간을 좋아했던 내가 언니의 병환으로 중환자실에서 1년의 시간을 간호하면서 용감해졌다. 할 말 할 줄도 모르고 늘 참는 게 최선이었던 과거와 달리 나는 교수님과 주치의 선생님을 쫓아 다니며 언니를 살려 달라고 말했다. 긴박한 순간에 용기가 생겼다. 중환자실에서 죽어가는 언니의 모습을 보면서 삶의 회의감이 밀려왔다. 인생. 언젠가는 죽겠지만 그때의 그 순간만큼은 모든 슬픔을 혼자 다 짊어졌다. 긴박한 시간에 나는 용기를 냈고, 지푸라기라도 잡겠다는 심정으로 교수님 방을 드나들며 언니의 치료 상황을 설명들었고, 주치의 선생님과 밤새 이야기 하며 언니의 치료에 최선을 다해주길 바랬다. 그렇게 언니는 기적처럼 살아났고, 교수님

은 언니가 퇴원하는 날 나를 껴안고 울었다. 그 후 의
학잡지에 내 기사가 실렸고, 나는 당시 대학병원에서
유명세를 탔다. 소심했던 내가 용감해진 순간이었다.
인생..뭐 있어? 긴박한 순간에 나는 용감함을 갖게 되
었고, 지금은 할 말 다 하는 중년의 아줌마가 되었다.
'우리는 모두 죽는다.' 이 말을 가슴에 새기며 산다.

오늘 내가 할 수 있는 게 무엇일까? 오늘 하루 어떻
게 보내야 할까? 라며 고민을 했고, 하루하루 충실하
게 살기로 했다. 나는 오늘 하루가 마지막 하루라면 나
는 무엇을 할까? 시작된 고민은 '나에게 남은 마지막
하루'라는 주제로 글을 써서 장려상을 받기도 했다.

소심한 내가 용감한 내가 되면서 이것저것 다 경험
해 보았고, 인생의 도전이라는 카드를 내밀었다. 아
이 셋을 키우며 전국 8도를 다 돌며 살았다. 군인인 신
랑 덕분에 알지도 못한 낯선 도시로 이사를 하고 아이

들 전학을 시키고, 낯선 환경에 살아남기 위해 용감함

을 가져야만 했다. 초보였던 나는 용감하게 운전하고

외출 후 집으로 가야 하는데 고속도로를 타고 낯선 도

시까지 간 적도 있다. 중간에 빠져 나오는 길을 못 찾

아서 돌고 돌아 겨우 집으로 왔던 황당한 기억도 있다.

이사로 인해 몇 번의 이직을 하면서도 텃새와 태움으

로 힘들었지만, 그 때마다 나는 용감하게 대들었다. 부

당한 대우라 생각하면 당장 사표를 던질 용기도 있었

고, 강자에게 맞설줄도 알게 되었다.

　요즘 혼자서 혼밥, 혼영, 혼여하는 사람들이 많다. 나

는 그런 사람들에게 호의적이다. 혼자서 밥도 못 먹고

혼자서 여행 할 줄도 모르는 사람이 무슨 인생에 히든

카드를 내밀 것인가? 용감해져야 한다. 그리고 자신을

사랑해야 한다. 험한 세상을 살기 위해선 용감하게 혼

자서 무슨 일이든 할 줄 아는 정신력과 체력이 있어어

한다.

그리고 오늘 하루 마지막처럼 살아야 한다. 혼자서 자신을 위한 시간을 잘 보내자.

괜찮아 잘했다
그랬구나

나와의 대화를 하면서 내가 나 자신에게 가장 많이 하는 말이 있다. 괜찮다. 잘했다. 그랬구나.

위로와 용기와 인정을 주는 이 말. 살면서 괜찮아. 잘했어. 그래서 그랬구나.이런 말을 들어 본 적이 없다. 늘 잘해야 한다. 쓰러지지 않아야 한다. 취업해야 한다. 1등만을 인정해 주는 이 사회가 지독하게 싫다. 공부도 1등, 직장에서 평가도 1등을 위해 우리는 자신을 돌볼 겨를도 없이 고군분투한 하루 하루를 살고 있다.

그래서 그랬구나. 고생했어. 괜찮아. 잘했다. 이런 말이 그리워서 내 자신에게 늘 말했다. 직장에서 힘들어서 눈물날 때 괜찮아. 잘했어. 인간관계에서 힘들 때 그래서 그랬구나. 괜찮아.

무기력함에 지칠 때 고생했어. 괜찮아.요즘 나는 나 자신에게 늘 용기와 인정의 말을 많이 한다. 내가 하지 않으면 누가 하겠는가? 실패와 좌절의 순간이 있어도 나는 다시 일어섰다.

가장 밑바닥에 내려가 본 사람은 올라갈 일만 있다. 인생의 쓴맛을 아는 사람은 단맛이 기다리고 있다. 직장을 다니며 아이 셋을 육아하면서도 나는 책을 손에 놓지 않았다. 독서는 내가 살 길이라는 생각에 새벽에도 밤에도 틈틈이 책을 읽었다. 주위 사람들의 승진 이야기에 자식 자랑에 시댁의 경제적 여유를 자랑할 때마다 나는 한 귀로 듣고 한 귀로 흘렸다. 그들의 이야기 보단 내 이야기에 관심을 가졌다. 그렇게 독서로 시작된 내 인생은 책 4권을 출간했고, 지금 이 책을 쓰고 있다. 여러 공모전에 수상도 했다. 아무도 나를 인정해주지 않더라도 나는 내 자신을 인정한다. 괜찮아. 잘했어. 힘들었지. 고생했다.

남에게 보여주기 위한 삶이 아닌 내 자신에게 인정받는 삶을 살아보자. 인생의 무게를 잠시 벗어던지고 가벼운 마음으로 살아보자. 나를 사랑해야 할 사람은 바로 나다. 자신에게 인정받아야 할 사람도 바로 나다. 더 이상 타인의 눈치를 보고 타인의 삶에 동화되며 살지 않았으면 좋겠다. 어제의 나와 비교하며 어제의 나보다 한발짝만 걸어간다면 인생의 또 다른 가치를 발견하지 않을까 싶다.

요즘 나는 나의 아이들에게도 늘 말한다. 성적 안 나

와서 시무룩한 딸에게도 괜찮아. 잘했어.

기숙사에서 공부 잘한 아이들과 경쟁하고 있을 큰 아들에게도 "힘들지? 괜찮아. 잘했어."

수영 시합에서 꼴찌했다는 막내 아들에게도 "괜찮아. 이 정도면 훌륭해."

우리는 늘 주위 사람들과 경쟁하고 비교하며 산다.

"옆집 아이는 전교 1등 했다는데, 너는 뭐야?"

"옆집 남편은 이번에 성과금 받았다는데, 너는 뭐야?"

"옆집 시댁은 이번에 집 사라고 보태줬다는데, 너는 뭐야?"

더 오르고 싶어서 안달이다. 사람의 욕심이 끝이 없다.

직장에서도 마찬가지다. 절대 칭찬보다는 비난과 평가질만 해댄다.

“저 사람은 이래서 안돼. 저 사람은 저래서 안돼. 그런 사람은 늘 남의 단점만 본다. “당신이나 잘하세요.” 라고 말하고 싶다.

상대를 칭찬하고 격려하는 사람은 다르다. 남의 단점보단 장점을 볼 줄 알고, 남을 평가하기보단 자신을 평가한다. 상대와 비교하는 것이 아니라 어제의 나와 비교하며 성장한다. 그런 사람이 곁에 있어야 한다. 사실 직장생활을 하면서 칭찬 하는 사람은 드물다. 평가질에 익숙한 나머지 칭찬을 하는 경우는 거의 없다. 칭찬을 받으면 자신이 인정 받고 있다는 생각에 더 열심히 일하게 되고, 상대에 대한 신뢰감도 쌓인다. 긍정적인 감정을 경험하면 스트레스 호르몬인 코르티솔의 분비가 줄어들게 된다고 한다. 연구에 따르면, 정기적으로 긍정적인 상호작용을 가진 사람들은 그렇지 않은 사람들보다 낮은 스트레스 수치를 유지하기 때문에 상대에 대해 부정적인 평가보단 긍정적인 칭찬을 해주면 일의 업무도 향상된다고 한다. 주위 사람들에게 먼저 칭찬을 하고 긍정적인 언어를 사용해 보자.

뇌나 자신에게 칭찬하며 살자. 나는 정말 괜찮은 사람이다. 훌륭하다. 대단하다.

오늘 나는 나 자신을 칭찬했다. 육아하면서 워킹맘으로 사는 중년의 아줌마가 틈틈이 책도 쓰고 독서도 하고 운동도 한다. 멋지다. 정은아!

현대인의 고독과 자유 성찰
-정은혜, 정아름, 천정은의 글쓰기를 중심으로

김지연[1]

1. 들어가며

2. 정은혜, 혼자의 시간

3. 정아름, 본연의 나를 찾아서

4. 천정은, 나를 사랑하는 시간

5. 결론 : 혼자의 의미

---

1 kimjiyeonwriter@naver.com

국문초록

이 글은 인간에게 '혼자'란 무엇인지에 관하여 정은혜, 정아름, 천정은의 글을 통해 살펴보고 현대인의 고독과 자유의 의미를 성찰하는 데 목적이 있다. 정은혜는 외로움과 대인관계 간의 상관관계를 살펴보고 인간은 혼자 있는 시간을 확보하여 생산성 있는 행위를 통해 내면을 강화하는 것이 중요하다고 강조한다. 정아름은 타인과 화합하여 살아가면서도 인간 본연의 '나'는 절대로 변하지 않음을 강조하며 주체와 타자 간의 경계를 명확히 한다. 천정은은 타인의 시선에서 해방되어 자기 자신과 조우하여 이루어낸 성과에 주목하고 인간은 자기 자신에게 관심을 두는 것이 중요하다고 밝힌다.

인간이 진실로 행복해지기 위해서는 자기기만을 경계해야 한다. 타인과의 관계에서 행복은 탐색되지 않았다. 이해와 공감이 결여된 대화의 장과 타인과의 비교로 인한 자존감 하락은 불행의 근원으로 제시되었다. 사회 구성원으로서 융화되어 살아가는 중에도 인간은 고독한 개별 존재자이다. 따라서 인간에게는 혼자 있는 시간이 확보되어야 하고 이를 통해 생각을 정리하고 자신의 숨은 잠재력을 고양시키는 동시에 생산성 있는 결과물을 도출하는 경험이 요구된다.

피로감을 유발하는 타자와의 관계에서 해방되어 온전히 자기 자신을 탐색하는 과정과 그 효용성을 고찰하는 이 연구는 현대인에게 부과된 고독과 자유의 의미를 재해석함으로써 인간의 내적 본질과 이상을 살피는 유의미한 논의가 될 것이다.

키워드 : 혼자, 수필, 고독, 자유, 현대인, 정은혜, 정아름, 천정은

1. 들어가며

현대인의 내면을 들여다보기 위해 그들이 직면한 현실 중 가장 지배적인 개념으로 '혼자'를 선정하였다. 인간에게 혼자란 무엇이며, 그것이 추구하는 바를 설명하기 위하여 이 논의를 진행하게 되었다. 정은혜, 정아름, 천정은의 글을 통해 현대인의 고독과 자유를 탐색하는 이 글은 인간이 살아가야 할 인생의 당위성과 목표, 지향점에 명징한 초점을 제시하는 데 기여할 것이다.

정은혜는 1982년 서울에서 출생하여 『1인 기업, 두 번째 커리어』(2023)에 공저자로 작품을 발표하면서 작가로 데뷔하였다. 이후 『아픈데 괜찮을 리 없잖아요』(2025)를 출간하며 작품 활동을 전개하고 있다.

또한 수공예 미니어처 작가로 활동하는 한편 미술대전 공예 부문에서 2회 입상하였다.

정아름은 1981년 강원 삼척에서 출생하여 『가설들』(2022)의 공저자로 작품을 발표하면서 데뷔하였다. 국어교육학과를 전공하고, 대안학교에서 국어와 글쓰기를 강의한다. 작가의 지식과 생생한 경험을 바탕으로 한 『시험 없는, '진짜 국어 수업'은 어때?』(2023)를 발표하였다.

천정은은 1976년 전라도 광주에서 출생하여 『밥하는 여자, 꿈 먹는 여자』(2018)를 발표하면서 데뷔하였다. 이후 『스마트폰 이기는 독서』(2021), 『나는 간호사입니다』(2022), 『사랑은 쌓여 내가 되겠지』(공저, 2024), 『사랑과 사랑이 만나다』(공저, 2025), 『간호사라서』(2025)를 상재하는 등 지속적인 작품 활동을 이어오고 있다.

이들 세 작가는 주로 에세이, 자기계발서 분야에서 글쓰기를 수행하며 인생에 관한 실질적인 담론을 담은 진솔한 이야기를 풀어냈다. 에세이의 특성상 수사와 비유가 제한되고, 직설적이면서 간명한 글쓰기는 독자로 하여금 이해하기 쉽도록 독해력을 고양하는 동시에 글의 핵심적 가치를 전달하는 데 용이한 효과가 있다.

본고가 연구 대상으로 상정한 이 책은 '혼자'라는 주제의 공동저서로 기획된 도서이다. '혼자'를 주제로 세 작가가 3인 3색의 이야기를 펼쳐놓았다. 주제를 왜 '혼자'로 상정하였는가. 인간의 내면을 심층적으로 분석하고 그 본질을 규명하기 위해 시도되었다. 이는 인간이 혼자일 때 발현할 수 있는 능력, 혼자가 주는 가치, 타인과 함께 하는 삶에서의 한계를 짚어봄으로써 인간이 진정으로 행복에 이를 수 있는 방법을 탐색하는 방법론이 된다. 현대인에게 주어진 숙명같은 고독과 자유의 의미를 세 작가의 글을 통해 고찰하면서 고독과 자유가 인간의 긍정을 유도하는 가능성이자 상호 보완적인 관계를 형성하고 있음을 규명할 것이다.

이들 작가에 대한 논의는 본고에서 최초로 시도함에 의의가 있다. 현재까지 주로 문학 분야에 논의가 한정되어 있어 실용 분야의 글쓰기에 대한 연구는 사실상 미개척의 영역에 있다. 본고의 논의를 출발점으로 수필, 자기계발 등 기타 실용 분야의 글쓰기가 학술적 관점에서 조명을 받길 기대한다.

2. 정은혜, 혼자의 시간

인간은 혼자일 때 독립심과 타인에 대한 배려를 학습한다. 뿐만 아니라 자신의 생산성을 높여 잠재력을 강화할 기회도 확보한다. 따라서 인간이 혼자가 된다는 것은 필연적인 과정으로, 이것을 고립으로 수용하는 것은 위험한 비약이다. 정은혜는 혼자의 시간이 '자신에 대해 생각할 수 있는 시간이자 타인을 이해하고 존중하게 됨으로써 진정한 독립으로 이끄는 시간'[2]으로 사유한다. 작가는 이에 필연적으로 발생하는 외로움의 문제에 관하여 깊이 있는 통찰을 내놓는다. 사람을 만난다고 해서 외로움이 해결되지 않으며, 인간이 고독과 친해져야 한다고 주장한다.[3]

작가는 '혼자 있는 시간으로 인해 인간은 인생을 바꿀 수 있다'고 설명한다.[4] 즉, 고독은 인간이 보다 더 나은, 새로운 자기 자신으로 거듭날 수 있는 단초가 되어주는 것이다.

왜 인간은 타인과의 관계에서 고독감과 조우하는

---

2 본책, 40~41쪽.
3 본책, 43쪽
4 본책, 84쪽

가. 어울림이라는 것은 기대와 의도에서 빗나가기 마련으로, 항상 긍정적인 효과를 일으키는 것이 아니기 때문이다. 사람들과 함께 있을 때 어려움이 발생하고, 그러한 문제의 중심에는 '말'이 있다. 즉, 소통이 원활하게 이루어지지 않으면 고독은 필연적으로 발생한다. 이러한 고독감은 혼자 있을 때보다 함께 있을 때 그 강도가 심화된다. 공감대가 결여된 대화의 장이나 상하 권력관계에 의한 발화의 제한은 사람과 사람 사이의 관계에 균열을 일으킨다. 작가는 말수가 많아도 문제가 생기고 말수가 적어도 불편한 점을 지적한다. 경청을 가장한 침묵, 소통보다 정보 수집이 우선시된 대화에서 사람들의 관계는 그 동력이 약화된다.

맞지 않는 사람과의 단순한 대화들은 피로감만 준다. 말이 많은 사람의 <u>허튼 말, 쓸데없는 말</u>들은 기운을 빼앗아 간다. (중

략) 사람과 마주할수록 지치고 외롭다. 외로워 사람을 찾지만 외로움은 반복된다.[5] (밑줄–인용자)

나와 맞지 않는 사람들, 에너지를 빼앗는 사람들과의 만남은 마음을 어수선하게 한다.[6]

인간의 내적 본질과 마주하기 위해서는 타인의 시선에 의존하지 말아야 하며, 스스로를 기만하지 않는 솔직한 태도가 요구된다. 정은혜는 결이 맞지 않은 사람들과 오고 가는 말을 애써 사회적을 위시하여 포장하지 않고 '허튼 말', '쓸데없는 말'로 단출하게 명명한다. 그런 대화는 사람의 기운을 빼앗아 지치고 심적으로 어수선하게 하고, 외롭게 하며, 이런 상황에서 사람을 찾는 것은 외로움을 반복할 뿐이라고 강조한다. 작가는 고독감이란 사람과 접촉할수록 반복적으로 생

------

5 본책, 16쪽
6 본책, 19쪽

기는 것으로 정의하며 "사람을 만나 함께 있지만 따로 있는 셈"인 상황은 공허함을 만든다고 지적한다.[7]

왜냐하면 '인간은 타인에게 이해와 공감, 안정과 사랑을 바라지만 타인은 그 전부를 만족시켜 줄 수 없기 때문'이라고 작가는 설명한다.[8]

흥미로운 것은 인간이 혼자일 때 생산성이 극대화되는 점이다. 인간이 자기 능력을 제대로 발휘하기 위해서는 자기 자신에게 충분한 시간을 부여해야 한다. 작가는 위대한 천재들이 혼자 있을 때 걸작을 만들어 냈음을 환기하였다. 위인들이 사람들과 어울리기만 한다면 그와 같은 성과를 내기 어려웠을 거라는[9] 작가의 의견은 설득력이 있다. 작가는 혼자 있는 시간이야말로 '실력을 키우기 좋은 시간'[10] 이라고 환기한다. 인

---

7 본책, 17쪽
8 본책, 82쪽
9 본책, 17쪽
10 본책, 82쪽

간이 혼자 있을 때 자신의 능력을 극대화할 수 있다는 점은 고독이 가진 장점을 부각하는 동시에 잠재력을 향상시키는 기제로 활용된다.

> 자신보다 타인에게 기대하는 바가 클 때 내 정체성을, 내 행복을, 내 가치를 남에게 맡기고 주관 없이 살아간다. 혼자만의 시간 없이 새로운 사람을 만난다는 건 한 사람으로서 불완전한 선택이다. 외로움을 버틸 힘은 타인이 아닌 나에게 기대하는 삶을 살 때 생긴다.[11] (밑줄—인용자)

인간의 나약함을 만드는 것은 자기 자신에 대한 신뢰 부족으로 나타났다. 인간은 자기 의지가 약한 경우 자신에게 가장 중요한 가치를 타인에게 의존한다. 정체성, 행복, 가치는 인간의 내적 본질인데, 이를 타인에게 기대함으로써 자아는 불완전한 상태가 된다. 외

---

11 본책, 23쪽

로움은 이러한 불완전성에서 기인하며 인간은 주관성을 상실하면서 부정적인 것으로 수용되었다.

그렇다면 인간은 이를 어떻게 극복할 것인가. 작가는 자신의 내면을 성찰하는 방법으로 일기 쓰기, 산책, 명상, 좋아하는 일(취미), 글쓰기, 여행을 추천한다. 이러한 수행은 혼자서 생각을 정리할 기회를 선사하여 인간의 내면을 강화하는 방법이다. 이는 혼자 있을 때 생산적인 행위를 통해 인간은 외로움을 극복하면서 스스로 강해질 수 있음을 환기한다. 작가는 개인의 성취를 위해서는 '독립적인 시간'이 전제되어야 함을 강조한다.[12]

고독은 우리를 자유롭게 한다. 타인의 시선으로부터, 어쭙잖은 충고로부터, 원하지 않는 조언으로부터. 고독을 즐길 수 있는 사람은 혼자라는 사실에 두려운 마음을 갖지 않는다. 자

---

12 본책, 39쪽

유를 즐기지 못하는 상황을 두려워하고 고독을 세상과 타인과의 단절이라고 생각하는 자세를 경계해야 한다. 내가 통제할 수 있는 자유로운 생활을 두려워할 연유는 없다. <u>고독으로 인해 내면은 풍성해진다.</u> 고독으로 얻은 깊은 사유는 나 자신을 진실하게 바라보게 한다. 내 안에서 찾은 나에 대한 정의로 세상과 타인의 시선에서 벗어날 수 있다.[13] (밑줄-인용자)

내가 생각하는 고립과 고독의 차이는 고립은 자신이 원하지 않는데 처할 수밖에 없는 상황이고 고독은 자기가 원해서 만드는 상황이다. 따라서 <u>고립은 두려울 수 있으나 고독은 전혀 두려워할 일이 아니다.</u>[14] (밑줄-인용자)

혼자만의 시간을 즐기는 사람의 만족감을 모르는 사람들은 말한다. '어울리지 못하는 사람, 우울한 사람, 소극적인 사람'이라고. 이러한 편견에 갇혀 단정짓는 사람들의 말들에 굴하지 않았으면 한다. 꿋꿋하게 자신만의 시간을 누리길.[15]

13　본책, 49~50쪽
14　본책, 44쪽
15　본책, 70쪽

고독은 부정적인 것이 아니다. 고독은 극복되어야 할 대상도 아니며, 오히려 향유하고 내면화해야 할 것이다. 인간은 무리 지어 살고 집단에서 이탈할 경우의 낙오를 두려워하여 혼자 있는 것에 관한 두려움을 갖게 되었다. 남과 어울리지 못하고 우울하고 소극적인 사람은 비난받는 일도 있었다. 그러나 이러한 사고는 결국 자기다움을 무력화하고, 타인에게 의존하게 되는 오류를 유발하였다. 이에 따라 자신의 잠재력을 향상시킬 기회까지 놓치게 되었다. 타인은 나와 함께 살아가지만, 나를 책임져 주는 존재가 아니다. 작가는 고독과 고립을 구분하여 설명한다. 고독은 스스로 선택한 것으로 두려운 것이 아니라고 강조한다.

정은혜는 이처럼 혼자 있는 가치를 밝히고 세부적인 방법론까지 제시하였다. 고독이란 부정적이고 나쁜 것이 아니며, 오히려 생산적이고 가치 있는 것임을 알 수 있었다. 이러한 창조성은 고독이 인간의 자유를 내포하기 때문이다. 인간은 혼자일 때 고독하고 그 고독감으로 인해 자유로워지는 것이다.

3. 정아름, 본연의 나를 찾아서

개별적 인간이란 무엇인가. 더 이상 쪼개지지 않는 원자 같은 것이다. '나'라는 존재도 타인과 어울려 살아가면서 스스로를 조율하고 타협한다. 그러한 과정에서 인간은 자기 자신을 변형하고 수정해 간다. 타자는 언제나 나에게 피드백을 주고, 나는 그것에 일정 부분 합당해야 하기 때문이다. 그러면서 인간은 자기 본연의 모습을 상실하거나 망각한다. 그렇게 스스로 숨은 능력을 은폐하거나 부정하면서 자기다움을 포기하는 일이 있다. 자기 본연의 회복은 혼자일 때 가능하다. 정아름의 글은 '본연의 나'가 무엇인지 환기한다.

이틀, 삼일 캠핑이 계속되면서 좀 다른 생각이 들었다. 이렇게 고생스러운 캠핑을 구구절절 읊고 다니는 나 자신이 싫어진 것이다. 텐트를 펴고 정리하고, 요리하고 설거지를 하며 깨달았다. 지금까지 나는 시작도 전에 뭐든 포기하려고 했다는 걸. (중략) 나는 적응했다. 거친 캠핑과 자전거 하이킹 속에서 나는 다른 인간이 되어가고 있었다. 자전거를 타는 하루 일정이 너무 고단해 텐트에 눕기만 해도 잠이 쏟아지고, 맨땅에 자는 것도 아무렇지 않게 된 나. (중략)언제까지도 기다릴 사람처럼 조용히. 자전거를 타는 혼자의 시간, 오르막에 멈춰선 시간. 나는 나와 마주한다. 사람들의 눈치와 시선으로 만들어진 어그러진 모습이 아니라, 인간 본연의 나를 똑바로 응시한다.[16] (밑줄-인용자)

인간은 자신의 한계를 넘어설 수 있다. 그것을 위해서는 계기와 자극이 필요하다. 작가는 해외 타지에서

16　본책, 93~98쪽

의 생활, 캠핑과도 같은 외부 활동을 통해 집안의 안락함을 소거한다. 그러한 불편한 생활을 감내하는 과정에서 힘든 노정에 직면하고 그것이 인간이 잠재력을 도출할 수 있음을 보여준다. 인간은 누구나 평탄한 길, 꽃길을 추구하지만, '새로운 나'로 거듭나기 위해서 진실로 필요한 것은 고생길이다. 안락한 집을 떠나 객지에서 하는 캠핑과 하이킹을 경험하면서 작가는 '다른 인간'이 되는 경험을 소회한다. 이러한 색다른 경험은 내가 나 자신에게 피드백을 하여 스스로 깨우침을 얻을 수 있는 중요한 기제로 작용한다.

명절마다 나는 혼자다. 스무 명 가까운 시댁의 틈바구니에서 유일한 이방인이니까. (중략) 낯선 누군가와 가족이 된다는 것은 약간의 노력으로는 어림도 없다는 걸 예전엔 몰랐다. (중략) 사실, 우리는 서로가 그렇게 궁금하지 않다. (중략) 끝없이 밀려드는 설거지 앞에서 생각했다. 이 무리 속에서 어쩌면 영영 혼자겠구나. 그래도 시간이 지나면 이 가족의 일부가 되어 함께 어울려 있지 않을까? 희망도 잠시 품어 봤지만, 이곳에서 15년째 나는 혼자다. (중략) 그러나 이런 생각과 저런 생각이 지나가다 보면 근원적인 질문에 다다르기도 했다. 시댁과 나. 다른 세월을 30년 넘게 살아온 우리가 만나 섞이기 위해서는 딱 그만큼의 시간이 필요한 걸까. (중략) 다행히도 '이중사고' 덕에 이 혼자만의 명절은 그런대로 지낼 만하다.[17]
(밑줄-인용자)

인간은 타인과 뒤섞인다고 해서 자신의 본연의 모습을 결코 버릴 수 없다. 작가는 15년 이상의 결혼 생활에도 시댁 가족들과 완전히 어울리지 못하고 스스로 혼자임을 솔직하게 고백하는데, 이는 인간이 '자기 자신'이라는 본질에서 결코 벗어날 수 없음을 의미화한다. 텍스트에서 타인과의 불화는 나타나지 않는다. 관계는 긴 시간 동안 화기애애하게 이어오고 있다. 다

---

17 본책 100~108쪽

만, 내적으로 긴밀히 그들과 융합하는 것을 불가능함을 시사하는 것이다. 함께 있으면서도 혼자라고 여기는 정서적 반응은 인간에 내재되어 있는 정체성의 형상을 명징하게 드러낸다. 스스로 혼자일 수 있는 것은 용기이자 스스로를 지탱하는 동력이다. 타인과의 완전한 화합과 조화를 위해서는 나 자신을 상실해야 하는 위험을 감수해야 하기 때문이다. 따라서 이러한 고독감은 나 자신이 본연의 나로써 존재함을 환기하는 역할을 한다.

모닥불을 유독 좋아하는 그는 다른 욕심이 없다. 뭘 먹어도 좋다고, 자기 옷 같은 건 사지도 말라며 항상 내게 좋은 쪽으로만 맞춘다. (중략) 미안한 줄도 고마운 줄도 모르고 아득바득거리는 나라는 세계에서 나는 나올 줄 모른다. "미안해." 불은 서서히 사람을 데운다. 무장해제된 몸 밖으로 밀렸던 감정이 새어 나온다. 진작 말했어야 하는 사과가 불을 타고 나온

다. 불을 보고 있으니 이상하다. 지나간 <u>모든 게 다 미안하다.</u>
(중략) 평소에 얼마나 잘못한 게 많길래 두서없이 사과인가.
이렇게 사과만 하다 그와의 평생이 끝날 것 같아 더 미안하
다. 이게 다 저 모닥불 때문이다.[18] (밑줄–인용자)

작가의 글에는 불화가 존재하지 않는다. 주변을 둘
러싼 모든 이들과 좋은 관계를 형성하고 있다. 평화롭
고 안락한 가운데 스스로 혼자일 수 있다는 것은 인간
이 자기 자신에게 집중하는 것이 평안하고 아름다운
일임을 환기한다. 인간이 혼자임에 능숙하기 때문에
타자와의 관계도 원활한 것이다.

예문에서 사람과 사람 사이를 잇는 인연의 힘이 '불'
로 묘사된 점이 흥미롭다. 불은 서서히 사람을 데워 감
정이 분출되도록 유도한다. 이때 나온 정서는 '미안함'
이다. 이러한 감정은 사람과 사람 간의 사랑을 기반으

---

18   본책, 157~158쪽.

로 한다. 불은 역사적으로 세계를 구성하는 기본 원소로 사유되었다. 타자를 이해하고 보듬고 배려하는 마음은 불에 대한 응시, 불멍을 통해서 이루어지고 이는 인간이 추구하는 본질이란 타자를 향한 따뜻한 이해를 바탕으로 함을 암시한다.

아픈 시간 동안 혼자다. 아무도 거들떠보지 않으니 혼자일 수밖에 없다. '또 아픈' 나는 가족들에게도 일상이 되어버렸으니 모두가 날 내버려 두는 것은 당연하다. 모두에게 짐이 되어 침대에 눕는다. (중략) 달린다. 온갖 생각들이 파고들어 머리를 흔든다. 무의식이든 의식이든 나는 생각이 너무 많다. 그래서 걱정도 많고 불안은 덩어리째이고 사는 사람이다. 그런데 머리가 하얘질 정도로 달리면 그 너덜거리는 감정들이 떨어져 나간다. 작은 슬픔이 발에 채고, 그동안의 허튼 질투들이 볼을 스친다.(중략) 이런 혼자는 얼마든지 좋다. 몸도 정신도 맑아지는 판소리 러닝. 좋은 저녁이다. 바람이 불고 심장은 뛴다.[19] (밑줄－인용자)

---

19 본책, 142~151쪽.

인간이 혼자라고 느끼는 것은 정서적이자 상상적인 것이다. 아플 때 타인에게 폐가 될까 걱정하며 스스로 혼자라는 고립감에 빠진다. 작가가 말하는 혼자는 '아무도 거들떠 보지 않는 순간'이다. 인간은 몸과 마음이 약해지만 낙오되어 혼자가 될 수 있다. 이때는 혼자가 되었다는 생각에 비참한 기분이 들 수 있다. 인간이란 복잡한 사고와 감정으로 세계와 직면하며, 자신의 생각에 잠식당하여 고통받는다. 이때 작가는 달리면서 이러한 생각들에서 탈피한다. 혼자 달리기를 하며 불안, 걱정, 질투에서 해방되며 스스로 자유를 만끽한다.

이처럼 현대인들은 타인과 어울려 무난하게 살아가면서도 본질적으로는 개별적 고독감을 안고 산다. 또한 몸과 마음이 약해졌을 때 타인의 시선에서 멀어졌을 때 고립감을 느끼며 혼자라는 사실과 직면한다. 많아진 생각은 불안과 걱정 등으로 변이되어 인간은 번

뇌하지만, 타인을 이해하고 사랑하며 스스로 그 감정을 떨쳐냄으로써 혼자라는 운명을 수용한다. 그리고 그것의 가치를 재평가한다.

4. 천정은, 나를 사랑하는 시간

인간의 고독감은 사랑의 결핍에서 기인한다. 그 결핍은 타자로부터 전이되며 관계 속에서 그것은 슬픔과 불안, 우울로 변주된다. 타인과의 관계로 인해 자연스럽게 주어진 역할이 굴곡이 될 수 있는 것이다. 타자를 위해 감정을 감추고, 자아가 드러나지 않도록 억누르며 살아가는 일은 흔한 풍경이다. 이것은 인간이 정체성을 자기 자신보다 타자와의 관계를 우선시하여 구성하기 때문이다. 천정은은 이러한 인간의 숙명에 '나를 사랑하는 시간'이라는 치유의 사유를 부여한다.

나는 1남 3녀 중 막내다. (중략) 아들에게 모든 정성과 사랑이 쏟아지는 걸 보면서도 당연하다고 생각하며 살았다. (중략) 아픈 엄마와 생계로 바쁜 아버지를 보면서 늘 막내라는 귀여움보단 외로움이 더 컸다. (중략) 언니가 중환자실에서 1년의 투병 생활을 했다. (중략) 아버지는 생계를 책임지기 위해 고생만 하셨다. 그런 아버지는 중환자실을 거쳐 지금은 하늘나라에 계신다. (중략) 아픈 엄마에게 걱정 끼칠까봐 늘 씩씩하게 전화했던 나는 가슴속에 늘 우울함과 불안함을 숨겼다. (중략) 딸이라서 실망했던 지난 시간에 대한 보상이라도 하듯이 나는 혼자 묵묵히 아픔과 슬픔을 견디며 살았다. 오롯이 혼자서. (중략) 딸로서, 엄마로서, 아내로서 인생에 쉬운 것 하나 없다. 인생, 늘 굴곡이 있고, 아픔이 있었다. 중년의 나는 요즘 '나'로서 살고자 한다. '나'는 무엇을 좋아하는지, '나'는 어떤 사람인지 끊임없이 묻고 대답한다. 이제는 '나'를 돌볼 때이다.[20]

작가의 글은 어린 시절 가족 구성원으로서의 역할

---

20 본책, 162~168쪽.

에서 인간관계에 거리를 두고 '혼자'로 스스로를 돌보
는 위치에 이른 변화 과정을 다룬다. 화자는 1남 3녀로
성장하면서 남아선호사상에 의해 타자화된 유년, 불
합리한 구조까지도 맹목적으로 받아들이는 대신 언니
에게 의지하여 견뎠지만 언니가 투병 생활을 하여 고
통을 받는다. 게다가 가족들이 잇달아 아프면서 화자
는 자신의 감정을 감추며 성장한다. 가족을 사랑하는
마음으로 가족을 우선시하여 자기 스스로에 관해 사
유하기를 유보한 것이다. 작가는 어린 시절부터 직장
인에 이르기까지 '남의 시선을 두려워하여 피곤함과
무기력함에 시달렸음'을 소회했다.[21] 중년이 되어서야
딸, 엄마, 아내의 역할을 하며 살아가는 화자는 자신의
기호와 정체성에 고민하면서 자아를 탐색한다.

---

21 천정은, 「비움과 채움을 알려주는 시어머니」, 『사랑은 쌓
여 내가 되겠지』, 마음세상, 2024, 124쪽.

잘난 시어머니 이야기를 듣고, 잘나간 신랑 이야기를 듣고, 공부 잘한 아이들 이야기를 듣고 나면 마음이 공허해진다. 나만 뭔가 부족하고 불행한 것 같다. (중략) 남과 비교하는 순간 불행의 시작이다. 이 험난한 세상에서 자기만의 줏대를 잡고 혼자만의 시간을 잘 보내야 자신의 삶의 질이 높아진다. (중략) 나는 혼자 있는 시간에 음식을 만들고, 음악을 듣고, 도서관에서 독서를 하고 자전거를 타고 수영을 하고, 헬스장에 가고 책도 쓴다. 혼자만의 시간을 잘 보내면 정말 뿌듯하다. 어제의 나와 비교하며 사는 삶은 나를 성장시킨다. 남과 비교하지 않아도 된다. (중략) 나는 학교 모임, 동네 모임, 직장 모임 등을 일부러 찾아다니지 않는다. (중략) 도서관에 가보면 동기부여가 된다. (중략) 혼자 있는 시간을 잘 보내기 위해서는 지금 당장 혼자 있는 시간을 긍정적으로 잘 사용해야 한다. (중략) 남의 눈치 보지 않고 자신에게 떳떳한 사람, '나'를 위해 시간을 보내는 사람, 생각만 해도 멋지다.[22]

혼자가 좋은 이유는 타인과의 관계에서 의미를 찾

---

22 본책, 170~174쪽.

지 못했기 때문이다. 이는 억지로 의미를 만들어내려고 하지 않는 솔직함이 바탕이 되었다. 타인과의 대화에서 자랑으로 벌이는 날선 신경전, 남과의 비교에 따른 박탈감은 스트레스가 된다. 이해가 공감이 결여된 대화는 사실 일상적인 풍경이다. 작가는 인간이 '스스로 줏대를 잡기 위해서 혼자만의 시간을 잘 보내야 한다'고 강조한다. '혼자 요리하고, 음악 감상을 하고, 독서를 하고, 자전거를 타고, 수영을 하고 책을 쓰는 행위'는 자기 계발에 일조하는 생산성 있는 작업이다. 이러한 혼자만의 수행은 '뿌듯함'을 남기며 정서적 만족감도 증대된다. 왜 혼자가 좋은가? 타인과 함께 하는 것이 녹록하지 않기 때문이다. 남에게 맞춰주면서 인간은 자기 자신의 본연을 지워갈 수밖에 없다. 혼자 있는 시간이 도태되지 않도록 '긍정적으로 잘 사용해야 하는 것'이 중요하다. 작가는 남의 시선에서 벗어나

'나'만을 위해서 보내는 시간의 소중함을 강조하고 있는 것이다.

혼자 셀카를 찍고, 혼자 갈매기를 보고, 혼자 커피를 마시며 멋진 야경을 구경했다. 그날 여유로운 하루를 보내면서 나는 많은 깨달음을 얻었다. 혼자만의 여행을 통해 좁은 틀 안에 갇혀 있는 곳에서 깨어나는 느낌을 느꼈고, 생각 정리를 할 수 있었다. 낯선 곳에서 낯선 이들을 통해 배우고 느끼면서 나만의 비좁은 생각에서 빠져 나올 수 있었다. 사소한 생각, 불안함, 쓸데없는 생각들을 버릴 수 있는 계기가 되었다.[23] (밑줄-인용자)

인간관계는 소중하지만, 그 속에는 굴레가 존재하며 개인은 억압을 피할 수 없다. 인간은 혼자서 소소한 일상을 보내면서 '많은 깨달음'을 얻는다. 혼자 있음으로써 비로소 생각 정리가 가능해지고, 생각을 확장하

---

23 본책, 178~179쪽.

며 근심이 되었던 기우에서 벗어날 수 있게 되는 것이
다. 이러한 여유 없이 타자와 얽힌 관계 속에서 인간은
지치고 스트레스에 누적될 수밖에 없다.

타인의 인성에 대해 논하고 사생활에 대해 이야기 한다. 정작
남에 대해서는 그렇게 잘 알면서 자신에 대해서는 관심이 없
다. (중략) 자신보다 타인을 위한 사는 삶처럼 불행한 것도 없
다.[24] (밑줄-인용자)

이제는 나 자신을 사랑하려고 한다. (중략) 첫째, 나는 나와 대
화를 많이 하려고 한다. (중략) 나라는 사람을 알아가면서 나
라는 사람의 괜찮은 사람이라는 걸 발견했다. 둘째, 나는 나
만의 스트레스 해소법을 안다. 내가 좋아하는 게 무엇인지 알
고, 내가 숨쉴 수 있는 방법을 찾았다. 셋째, 나는 나를 안아준
다. (중략) 자신을 사랑하는 사람은 자신뿐이다.[25]

나를 가장 잘 아는 사람, 나를 가장 사랑하는 사람, 나를 위로
해 주는 사람. 바로 나 자신이다.[26]

---

24 본책, 187~188쪽.
25 본책, 184~186쪽.
26 본책, 198~199쪽.

행복의 원천은 자기 자신에 관한 깊은 관심에서 비롯된다. 호기심이 발동하여 타인에 대한 관심을 우선시하고 정작 자기 자신을 등한시하는 것은 불행한 삶의 기원이 된다. 자기 자신에 대한 관심은 곧 자기 자신을 사랑하는 것으로 이어진다. 작가는 자신과의 대화, 나만의 스트레스 해소법 찾기, 나를 안아주는 세 가지 방법을 제시하였다. 그리고 자신을 사랑하는 사람도 나 자신을 잘 아는 사람도 오직 자신뿐임을 환기하면서 인간은 숙명적으로 고독한 존재임을 환기한다. 또한 자기 자신을 삶에 중심에 두고 자신과의 대화를 시도하는 인간은 '혼자'가 되어 삶을 긍정적으로 살필 수 있게 된다. 이는 타인과의 관계 속에서 주어진 속박에서 해방된 자유이다.

5. 결론 : 혼자의 의미

지금까지 '혼자'란 무엇인지에 관하여 정은혜, 정아름, 천정은 세 작가의 글을 통해 톺아보았다. 이를 통해 현대인에게 주어진 고독과 자유는 서로 상충하는 개념이 아닌 상호 연결되어 있고 보완적인 관계를 이룬다는 것을 확인하였다. 정은혜는 고독과 고립은 상호 구분되는 것이며, 고독은 자유롭고 나 자신을 찾는 계기라고 밝혔다. 정아름은 사람들 사이의 관계 속에서도 나란 개별 존재는 본질적으로 독립적인 것이며, 혼자라는 인식 속에서도 타인과의 유대를 더욱 끈끈하게 이어가는 현명한 지혜를 담고 있다. 천정은은 타인의 시선에서 해방되어 자기 자신에 온전히 집중함으로써 자기 자신과의 대화에 이르러 스스로를 사랑하게 되는 과정을 담지하고 있다.

인간의 타인과의 관계로 인하여 불행해지는 것으로 나타났다. 인간의 사회성을 강조하는 문화로 인하여 혼자는 '이탈'로 수용되어 부정적인 인식을 불러일으키는 경향도 없지 않아 있다. 고독은 부정적인 것으로 치부되고, 억지로 무리 지어 집단 속에 있는 나 자신으로 정체성을 구성한 결과로 인간은 필연적으로 불안, 근심, 잡생각과 같은 정신적 소모와 직면하게 되었다. 타인과의 거리를 두고 남의 시선에서 해방되는 경험은 이러한 질곡에서 탈출하는 방법론으로 작용하였다. 내가 나 자신에게 관심을 두고, 나 자신과 대화하며 나 자신을 사랑하는 일은 스스로 생산성 있는 작업을 수행할 수 있는 동력이 되었다. 대인관계의 피로감이 인간의 잠재력을 향상시키는데 상당히 방해가 된 것이다.

인간은 혼자 있음으로써 정서적으로 윤택해지고 자기 자신을 재발견한다. 혼자 있는 시간의 가치를 인정하고, 긍정적으로 작용할 수 있도록 그 시간을 유의미하게 활용해야 한다. 인간에게 주어진 고독한 시간은 인간이 새로운 자아로 거듭날 수 있는 재생산의 시간이며, 타자와의 관계에서 생성된 불균형을 벌충하는 자유의 시간이다.

정리하면 현대인에게 고독은 해방의 뼈대이며, 자유는 생산성의 근원이다. 사회 구성원으로 정해진 역할에 정체성을 구성하여 살아가는 삶은 인간을 억압한다. 인간은 혼자 있음으로써 자기 자신을 탐색하고 그 가치를 깨닫는다. 따라서 현대인에게 주어진 고독과 자유는 축복이며 행복의 기원이다.

참고문헌
정은혜, 정아름, 천정은, 『혼자』, 생각의빛, 2025
천정은, 「비움과 채움을 알려주는 시어머니」, 『사랑은 쌓여 내가 되겠지』, 마음세상, 2024, 124쪽

혼자

초판 1쇄 발행 ｜ 2026년 1월 8일

지은이 ｜ 정은혜, 정아름, 천정은
펴낸이 ｜ 김지연
펴낸곳 ｜ 생각의빛

출판등록 ｜ 2018년 8월 6일 제406-2018-000094호

ISBN ｜ 979-11-6814-130-8(03810)

원고투고 ｜ sangkac@nate.co
블로그 ｜ http://blog.naver.com/sangkac

값 18,200원